# 歩く人
The Walker

## 牧水紀行文撰

正津勉・撰

若山牧水

表紙画：髙山啓子

# 歩く人　牧水紀行文撰◎目次

## Ⅲ　みなかみ紀行

# 歩く人

牧水紀行文撰

【凡例】

⑴本書は若山牧水の散文の中から「旅」をテーマに編んだアンソロジーである。
なお、底本は『若山牧水全集　全十三巻』（増進会出版社刊）を使用した。

⑵表記は基本的に、散文作品は新字・新仮名に、韻文作品は新字・旧仮名に改めた。

⑶散文作品において、漢字語のうち、代名詞・副詞・接続詞など使用頻度の高いものを、一定の枠内で平仮名に改めた。

⑷読みにくい語、読み誤りやすい語には、散文作品では新仮名で、韻文作品では旧仮名で、振り仮名を付した。

⑸底本にある表現で、今日からみれば不適切と思われる箇所があるが、時代背景と作品価値を考え、そのままにした。

（編集部）

# 序にかえて――耳川と美々津

「即興詩人」を読んだ人は覚えているであろう、アントニオが賊の山寨《さんさい》から逃れ出て二三十里にわたる曠原《こうげん》を馳けに馳けて来ると、ふと眼の前に真蒼な異様なものがあらわれて来た。彼はあまりの驚きに暫しは茫然としてこれを眺めていたが、やがて惶《あわただ》しく馬から飛び降りて、「海、海、ああ地中海よ！」と呼んで涙の溢るるにまかしたということを。

また、日本の一詩人が米国に渡る船のなかに在って、

**海を見て太古の民のおどろきを我《われ》ふたたびす大空のもと**
**大空の円きがなかに船ありて夜を見昼を見こころ怖れぬ**

と歌ったこともある。初めて海を見て驚く驚愕《おどろき》は総ての驚愕《おどろき》の中にあって最も偉大な崇高なものであろうと思う。

私は六歳か七歳の時、母に連れられて耳川を下ったことがある。そして舟がまさに美々津に着こうとする時、眼の前の砂丘を越えて雪のような飛沫を散らしながら青々とうねり上る浪を見て、母の袖をしっかと捉《と》りながら驚き懼《おそ》れて、何ものなるかを問うた。母は笑いながら、あれは浪だと教えた。舟が岸に着くや母はわざわざ私を砂浜の方に導いて更に不思議に更に驚くべき海、大洋を教えてくれた。その時から今日まで、海は実に切っても切れぬ私の生命《いのち》の寂しい伴侶《みちづれ》となって来ているのである。

そういう記憶を除いても私は美々津が好きである。河口の港には必ず着いている気分、即ち何となく解放されたような、ゆったりした気分はこの南国の美々津の港に実にいっぱいに満ちて居る。耳川を下って来て遥かにここの帆柱を望み、砂丘や浪を眺めた気持は言わずもがな、富高《とみだか》の方から車で来てあの幸脇《さいわき》上の阪から白々したこの港を瞰下《かんか》した時にも、またその気持は必ず起って来る。自由な、爽快な、新鮮な気持！

あの渡舟場《とせんば》の舟を待って砂の上に佇む度ごとに私は常に鮮かに「旅」ということを思わせられぬことはない。遠くから遠くへ渡る旅の心地、これはどこの港にでもある気分だが、美々津は一層それが強い。山陰《やまげ》からの高瀬舟を降りて渡舟を待っていると、相変らずあたりがざわざわしている。馬車夫は馬を河の中に追い入れて腹を洗ってやって居る。若い女は筒袖の短い襦袢を着て脛もあらわに桶か何か洗って居る。見れば色うすく黒く腭《はぐき》のあたりから襟のほとり、乳も腕も気持よく肥えて瞳は黒い玉のように涼しい。真黒な髪をばゆたゆたに無雑作につかねて、馬車夫と何やら声高に罵り合い笑い合って居る。

# I

# 行かむかな　行かむかな

私は常に思って居る。人生は旅である、我らは忽然《こつぜん》として無窮《むきゅう》より生れ、忽然として無窮のおくに往《い》ってしまう、その間の一歩々々の歩みは実にその時のみの一歩々々で、一度往《ゆ》いては再びかえらない、私は私の歌を以て私の旅のその一歩々々のひびきであると思いなして居る。いい換えれば私の歌はその時々の私の生命の砕片《さいへん》である。

（「独り歌へる」自序）

# 秋乱題（その一）

道ばたの木槿《もくげ》は馬に食はれけり

土用が更けて、しいんと照り沈んだ日中などにふとこの句を思い出すことがある。または、土ほこりを浴びた路傍のこの花を見つけて慄えるようにこの句を思い出すこともある。深げに見ゆる夏のうしろに忍び寄った、明らかな、鋭い、そして寂しい秋のすがたがいかにも鮮かにこの一句に出ていると思う。貞享元年の八月に芭蕉が江戸を立って大井川を越えてからの吟で、眼前ともまた馬上吟とも題してあったという。

この六七年来、毎年一度はこの句を思い出す。そして、噫《ああ》、またこの句を思い出す時季が来たのかといつも思う。今年も既にそれをば味《あじわ》い過した。この近傍にはこの花が別して多いようだ。

芭蕉には一体に秋の句に佳いのがあるようである。ちょっと思い出すだけでも、

**あか〳〵と日はつれなくも秋の風**
**籠り居て木の実草の実拾はばや**
**鎖《とざし》あけて月さし入れよ浮御堂**
**松風の軒をめぐりて秋暮れぬ**
**物言へば脣寒し秋の風**
**秋風の吹けども青し栗のいが**

など、いずれも身に沁みる。これらは皆彼の旅中吟であったと思う。

今謂《い》う詩人とは彼はたしかに違っていた。私には年ごとにこの人が可懐《なつか》しく思われて来るが、ことにこの秋のころにはそれが一層深い。

言えば月並だが、また旅を憶《おも》う頃となった。

友人と一緒にこの秋は八王子あたりから汽車を降りて甲州街道を甲府まで歩いて見る約束であったが、果されそうもない。せめて相模に来て居るだけに大山へ登ってその頂上に一週間もお籠りをして来たいと思うが、それすら如何だか解らぬ。

そうした歩く旅もいい。汽車もいい、小春日のぬくぬく射した窓際に凭《よ》り掛ってうとうとと物を思うもいいし、煙草を吸うもいい。腰が痛くなったら鉄道案内を取り出して恰好な途中下車駅を探し出す。汽船ならば上等な室が欲しい、白い寝床に揺られながら小さな窓に雲を見、浪を眺めて行く。

私はまだ郷里の中学に居た頃から深い望みを懸けていた三つの港が日本にあった。一は肥前の島原港、一は伊豆の下田港、一は羽後の酒田港、確《しか》とした理由は思い出せぬが、何かというとまずこれらの古い港を思い浮べて幼い旅行慾を自らそそっていたものである。酒田は未だに知らぬ。下田には失望した。島原はやや好かった。下田と島原とは港の形が実によく似ている。続いて今また行って見たいと思っているのは備後の鞆《とも》、薩摩の坊津、能登の三国か三尾、仙台の石巻、熊野の新宮、北海道の室蘭などである。

旅というと私は直ぐ港と停車場とを思う。上野駅のかさかさしたのも嫌だが東京駅にもまだ馴染《なじ》み難い。亡びゆくものは皆なつかしいというからか知らぬが、旧《もと》の新橋駅は古くもあり小さくもあったが親しみ易かった。見知らぬ停車場にぼんやり降り立った心持は不安ながらに静かな好いものである。その記憶の最も鮮かなのは甲府駅と和歌山駅とで、双方とも改札口を出ると真夏の日がかんかんと照っていた。構内に草花などみっしりと植え込んであるのに出会うと駅長駅員の顔まで見入らるる心地がする。急雨の夜半、自分の急行列車が凄じい勢いで通り過ぎる山あいの寒駅に、一人二人の駅員が真黒に雨に濡れながらカンテラの灯を振っているのを見た時など、只事ならずあわれ深い。いつもうまい弁当を売る駅をば旧友の如くにも待ち迎うる時がある。港と停車場、汽船と汽車、ともに私には酒と離して考えることは出来ない。

実際、旅がしたい。

いつかもう風を厭《いと》うようになった砂山の蔭に寝ころびながら、薄むらさきに霞んだ対岸の鋸山の裾を廻って細い煙をあげて外洋さして出て行く汽船を眺めては、胸の痛くなるまでそう思う日が続いている。

地図が欲しい。精巧な大きな日本地図、そして世界地図。

こうした静かな秋の夜に、それが一幅この横の黒い壁にでも懸っていたら、ほんとうにどんなに嬉しいだろう。じいっと見詰めて心あたりの所にそれからそれへと眼を移していると、細く突き出たり深く入り込んだりした海岸線など極めて微妙な詩の韻律を追っている様にも思いなさるる時がある。私は前から地図が好きで、参謀本部の東京郊外辺のものなど幾枚いじり破ったか知れぬ。

目的なしに、単に地図だけを見て居ることが既に好きなのである。山があり、川があり、海があり、島がある。そこを見ここを見しているうちに、単にそればかりでなく、それらの間にどことなく流れている人間の悲哀という様なものをも感じて来る。数年前父の看護に郷里に帰っていた頃、東京から友人の手紙に、ゴーガンが遥々《はるばる》出かけて行ったタヒチの島というを見付け出すために随分多くの地図を探して辛うじて発見した、とあった一節など深く深く身に沁んで読んだものである。昨今私は進化論に関する書物を読んで居る。二十二歳であったダーウィンが探検船ビーグル号に乗り組んで六年間というものを世界の各所を経巡ったという様なことから、地球の歴史、生物の歴史、人類の歴史、更にまた世界各地に於ける動植物の分布などの事を読むにつけ、この頃一層地図を可懐《なつか》しく思っているのである。

高山に登って四方の国々、さては遥かな蒼海等を眺むる時、我らはともすると言い難い寂寥悲哀を覚ゆることがある。地図に見入る心はこれに似通っているかも知れない。
東京に居る人はいま郊外に出て見るが好い。晴れ切って微かに霞んだ地平線の方に国境の連山が更にかすかなむらさき色を帯びて浮び出ているのを見るであろう。そして、久しく忘れていた底の底の胸の動悸を感ずるであろう。日はうららかに哀しく、地は行くに従って優しさに燃え、木という木、林という林は宛《さな》ら各自の魂の煙っているかの様に到る所秋の光に煙り立って居る。

行かむがために行く者こそ、まことの旅人なれ
心は気球の如くに軽く
身は悪運の手より逃《のが》れ得ず、
何の故とも知らずして
ただ、行かむかな、行かむかなと叫ぶ。

涙のようなこの歌が今日また深く心にはぐくまれてならぬ。何の故とも知らず、行かむかな、行かむかなと心の奥に悲しまれてならぬ。

秋めいてから海は多く荒れがちである。海浜の白砂のなかに穴を掘って砂色をした浜蟹という小さな敏捷なのがいる。この蟹がずっと上の陸の方へ巣を掘る時は屹度《きっと》海が荒れると言い伝えられているが、昨今上へ上へと移っている。波打際には朝な夕な汚い藻草や船具の砕片などが打ち上げられて、真白に美しかった長浜が急に黒ずんで見えて来た。

家に籠っていると、その日その日の風や汐の具合で濤《なみ》の響がずっと東から、または西の岬から聞えて来る。夜半に眼の覚めた時分など、この西東の移り変りが妙に心を淋しませる。その濤のひびきもこの頃めっきり硬くなった。

今日の東京日々新聞に白根山の降雪として、

白根山は十四日来降雪を見たり

とある。各国の高山の頂きが点々と白くなって行きつつあるのを思うと何となく尊い心地がする。それにしてもこの小さな半島ではいつ迄待ってもそれを見る望みはあるまい。

## 裾野より――緑葉兄へ

　みやこをば霞とともに立ちしかど秋風ぞ吹く白河の関……これよりは少々無風流な話だけれど、とにかく浴衣《ゆかた》一枚で東京を逃げ出して来た男が、浅間《あさま》颪《おろし》の秋風に吹きまくられている有様をよろしく想像してくれたまえ。甲州は非常に暑かった。飯田《いいだ》蛇笏《だこつ》君の宅では葡萄のなかに身を埋めていた。そこは富士の裾野の一端になっているので丘が多い。ぶらぶら丘から丘を歩いていると、流石《さすが》に秋で、草花の匂い、山のすがた、いかにも自分の姿の輪郭が明かになったのを感じた。それでもその帰りには木立の中の青い淵にとび込んで子供の様な騒ぎをやったものだ。甲府から汽車に乗って甲信国境の山野を走る時は実に好かった。天が晴れて、僕の好きな大きな山脈の峰が汽車の窓に断えず姿を見せている。韮崎の停車場で初めて落葉松《からまつ》の木立を見た。それから二三時間は全然山の間を走って行くのだ。線路に沿うて秋草の深いのにも驚いた。市街の花屋で見れば何となく桔梗《ききょう》は嫌味らしく見えるけれど、青い草むらで風に吹かれいるのを見れば哀れがふかい。吾《われ》木香《もこう》も寂しい花だ。君も知っているだろう、六七年前多摩川の岸に居て、恋ともつかぬもののあわれに心を浸しながらこの花を摘んで歩いたいとけない自分の姿が忘れられぬ。すすき、女郎花《おみなえし》はいわずもがな、萩などはまるで稲田の稲の様に茂っていた。山の峠にかかった頃白雨《ゆうだち》がやって来た。山を越して峠を振返ると雨の過ぎた中ぞらに大きな大きな虹が懸っていた。姨捨《おばすて》あたりから筑摩の平原を見下した時も誠に好かった。丁度日の落つる頃で、何河か平原の中に白く輝いていた。

小諸駅に着いたのは夜の十時すぎ、岩崎君らに迎えられて今日までこの大きな古風の病院の二階の一隅に起臥して居る。小諸は浅間の裾野の中に散在する古駅の一つで煤けた町が傾斜を帯びて野末の方に小さく引着いているのだ。島崎さんに「小諸なる古城のほとり……」と歌われた古城趾がツイ一二町の所にある。恐しい松の木立の深いところで、その裾を限って千曲川が流れて居る。黄色な松の落葉を藉《し》いて、崖下の流れを眺めているといつかしら眼は瞑《つむ》って全てをかけ離れた寂しい旅客の愁いに心は沈んでゆく。こちらに来た当座は毎日の雨と曇で見ることの出来なかった浅間の煙は昨今明かに空になびいている。この家の二階の手術室からは正面に当る。僕の隣室の窓からは軟かな線を引いて海の様な裾野の輪郭が見渡される。野の中に飛び飛びに村落が介在していて、夜に入れば薄赤い灯が点る。傾斜を限った直線の向うには遠く無限に山脈がうねっている。僕のきき覚えた山の名だけでも十に近い。例の日本アルプスの一帯であるのだ。中にも乗鞍、白馬の諸山には白い線を引いてもう雪が降《お》りた。左様《そう》だろう、小諸にいてさえ袷《あわせ》に羽織に冬のシャツで暑くない。病院の室の中には既に炉を開いた所さえある。やがて炬燵が懸るのだろう。薬室の前の庭には二三十本の林檎が実をつけて大分もう紅く熟れて来た。林檎の木に実のなっているのを初めて見た南国生れの旅客には、朝夕の野分《のわき》がいやに身に沁みる。初めて見たといえば白樺の樹をも初めて見た。胡桃《くるみ》の樹も初めての様な気がする。落葉松《からまつ》は一昨年軽井沢で見たのであった。白樺の幹の尊い姿は、樹木を切愛する身にとって殆んど一種の神秘を覚えしむる。町から二里ちかく裾野を登って浅間の麓に行くと林の中によく見受くる。風の吹いている林の中であの純白な大きな幹に身を倚《よ》せて居ると、嬉しい悲しいを離れた涙が零《こぼ》れて来る。そして大きな胡桃の樹によじ登ってまだうす青い実を落して、石を拾ってその実を叩いて喰べている君の友を想見してくれ給え。
ドクトル岩崎のおかけで、身体《からだ》は大方よくなった。けれども今までの何やかやの心の疲労が一時に出たものかして、すっかりぼんやりして了った。だからまだ歌を詠む気にならぬ。強いて考えれば出来ぬこともあるまいが、それは東京にいる時にする仕事で、こんな所ではどうしてもやりたくない。そのうちにはうんと出来るだろう、手帳から拾いあつめたら一頁分くらいはあるだろうからそれをお送りする。それで間に合せておいてくれ給え。一切の記憶と未来に対する観念の全てとから脱却して、本当に遊離した旅の心になりたいと朝夕に希望しているのだけれど、なかなか左様《そう》はゆかぬ。却って心が静かになるだけ色々のことが思い出されて、苦しくて仕様がない。いっそのことこのまま東京へ帰ってまたどさくさの中へまぎれ込もうかともよく思う。

山のあなたのそら遠く、
「さいはひ」住むと人のいふ。
噫《ああ》、われひとととめゆきて、
涙さしぐみかへりきぬ。
山のあなたになほ遠く、

「さいはひ」住むと人のいふ。

やっぱり我らはお墓に入るまでこの歌の愛誦家であらねばならぬのかも知れない。

時々昂奮して酒精分の要求を痛感して困る。甲州に居る時、少々飲みすごして来たものだから、友のお医者さんから、うんと叱られて目下は謹慎中にある。しかし幾度かこっそりをやって口を拭って居る。ある時などは少し度を過して、石ころばかりの坂路を転げ転げして帰って来たものと見えて、翌朝床の中で眼がさめて見たら手も足も傷だらけサ。これでもお医者さんの目をごまかしたつもりでいるのだから驚く。

折がわるくてまだ浅間にもよう登らぬ。近日中には屹度《きっと》登れるだろう。追分から松井田あたりの古駅の秋草が素敵だそうだ。そこらをぶらぶらして軽井沢に行って、二三年前のたのしかった夢のあとでも探してみよう。そして風邪でも引いて来れば世話なしだ。

以上の有様で、まだ君にすら手紙一本よう書かなかった。これを原稿半分、私信半分のつもりで君へおくる。赦《ゆる》してくれ給え。今暫くはここに居ることになるだろう。信州はいつまでいても飽きそうもない国だ。木曾川をも下りたし、越後へも出て黒いときく日本海も眺めたし、前途甚だ茫漠、まア翌《あした》はあしたの風次第ときめておきましょう。今日もよく晴れた。これからまた独りで上の落葉松《からまつ》の林にでも行って来よう。方《かた》何里かに渡ったその林がそろそろ黄色くなりかけた静けさといったら無いよ。では、いよいよ左様なら。

# 古駅

これは十年程前、二三年に亘る旅行を思いたって（半年ほどで引返したが）まず信州に入った時の話である。数日前、この話の古駅追分からある友人が絵葉書をよこした。それを見ているとそぞろに当時の事が思い出されて来てこの一文を綴る。

追分という所は諸国にあるが、ここにいう信濃浅間山の南麓に当る追分の宿《しゆく》はその昔江戸を発した中仙道《なかせんどう》と北国街道とがひとしく碓氷《うすい》を越えてやがて前者は左へ曲って岩村田から塩尻木曾の方へ向い後者は右に山に沿うて小諸上田を過ぎ越後境の方へ向う恰度《ちようど》その分岐点になって居る。西国北国の大名たちの参観交替《さんきんこうたい》の要路に当り、ことには碓氷の関所に近かったためすこぶる殷賑《いんしん》を極めていたそうである。旅籠《はたご》にして妓楼を兼ねた家が百軒から並んでそれらの家の大きいものになると一軒に二百人近い飯盛女を置いていたという。それらが現在では悉く《ことごと》廃滅し去って建物の跡さえ無いなかに当時一流であったと伝えらるる油屋というのだけが僅かにただ一軒のみ荒れ果てた野原の路傍に残って居る。大抵の寺院などは遠く及ばない宏大な構えで、荒れ果ててはいるが流石に昔の面影が偲ばるる。現在では夏季の避暑客、という中にも多く学生などのために短期の下宿屋風の事を開業し、夏でなくても強いて頼めば泊めてくれる。伽藍堂《がらんどう》な煤け切ったその二階などに籠っていると何だか現代を離れた幻影の裡に居る様で何ともいえぬ寂しい昔恋しい心地になる、という様な事を私はその付近の地理に詳しい画家のI――君から度々聞いていた。そして今度思い立った長い旅行の途中に是非一晩でもその家に泊って見たいと、その日は碓氷をもわざと歩いて越えたあと、種々な楽しい空想を描きながら秋草のすがれた旧い街道をその追分の宿へ急いだのであった。

山を降りて軽井沢沓掛《くつかけ》(この二つに追分を入れて三宿というのだそうだ)を過ぎ、追分に入った時はもう黄昏《たそがれ》であった。山を負うて前に広漠たる原野を控《ひか》えた、十か二十の壊れ残りのあばら家がとびとびに立って居るといった様な所であった。

油屋は路の左手にしいんとして立っていた。漸く入口を見付けて幾度も案内を乞うたが返事がない。人影もない夕闇の裡にそうして声をかけている事が何ともいえず寂しくなって、無断で戸をあけて入ってみると中は真暗だ。その闇の遠い奥にちろちろと火が燃えて居る。途方もなく広い土間を足さぐりに歩み寄ってみると大きな囲炉裡ばたに二人の老婆が坐っている。あとで一人の男も出て来た。不時の闖入者に驚いた彼らは私か何と頼んでも宿を貸すといわない。夏場ならとにかく、今は夜具も食器も無いというのだが、私を不審に見たのに相違なかった。これには寒さと寂しさから途中で飲み飲みして来た私の酔った姿が、若い癖に袴《はかま》を履いたり髭を置いたりしている姿が余程怪しく見えたものであったろう。頼めば頼む程剛情に断って、果は追い出しもしかねまじき有様である。深い落胆と共に私の心には一種の腹立たしさがこみあげて来た。いよいよ諦めて泣きたい様な気持になりながらまたその広い土間を通って戸外に出た。

犬の子一つ見当らぬ道のまん中で私は久しい間途方に暮れた。いま通って来た沓掛まで引返すか地図で見て置いたこの先の宿場御代田《みよた》か小諸まで行くか、どちらかにせねばならなくなったのである。先刻野原の路をここまで急いだ時には気にも留めなかった夕月の影がいまは判然《はっきり》と濃くなって居た。広い野の上に懸っているそれは川原の様に露出した道路の小石の上に白々と照って、そこらいちめんに虫の声が起っている。恰度《ちょうど》真上に当る浅間山もそのさやかな影を浴びて静けく聳え、頂きには雲か噴煙かしっとりと黒く纏い着いている。それらを茫然と見廻していたが、やがて身ぶるいの出る様な寒さを覚えながら私はやはり御代田まで行く事に決心した。道程《みちのり》にして一里か一里半、この月かげに急げばわけはないと思ったのである。

少し行くと道が二つに分るる所に来た。ここでいよいよ中仙道と北国街道と分るるのだナ、と思いながら私は暫くそこに立って、何ともいえぬ寂しい遥かな感に捉われながら右と左に遠く分れて白々と続いている道路に見入っていた。そしてふとその側に一軒の茶店らしい小家があり、店先の竈に赤々と火の燃えているのを見出した。赤いちろちろした火が何よりも可懐《なつか》しく目に映った。見ればその側の棚には酒徳利も並んでいる。私はふらふらとそこへ歩み寄った。そして店さきへ腰を下しながら酒を註文して今日一日の、ことにはツイ先刻の寂しい経験をしみじみ味わっているうちに家の裏庭に当る所に風呂桶が据えてあり、そこでも赤々と火の燃えているのを見た。それを見てちびちびと飲んでいると、私はもうしみじみこれからこの広い野原を歩く事がいやになった。月は次第に冴えて、野末には淡白い霧が罩《こ》めているのだ。そして店の老爺に折入って一泊を頼んで見た。スルト、なんの事だ、その家は木賃じみてこそ居れ、宿屋営業であったのである。

やがて私はその可懐《なつか》しい風呂から上り、更に酒を新たにし、庭さきの池から鯉を上げさせ、涙の零《こぼ》るる思いで膳に向った。その時給仕に出た女があった。二十二三の、どちらかといえば大柄の、色は薄黒いが眼鼻立の締ったこの家などには思いもかけぬ田舎離れのした顔であった。そして東京弁で、よくしゃべった。試みにさして見た盃をば喜んで引受けて遠慮なく飲んだ。慎んでいたが、少し酒が廻ると彼女は次第に生地《きじ》を現して来た。「お前は十二階下にでもいたのでないか」というと「マア、そう見えて?! 嬉しいわ!」という様な風になって来た。見たところこの宿の真実の娘らしかった、久しく家を脱け出していてこの頃帰って来ているという風であった。場合が場合で私も酔ったが、女は更らに酔った。そして終には流行唄などを唄い出した。少々私も呆気にとられていた時なので、それを押し止めながら、唄うなら土地の追分節でも聞かしてくれというと、それなら恰度いい者が来ているといいすてて勝手から二人の老婆を連れて来た。老婆たちはこの付近の者で、風呂を貰いに来ていたらしい。老婆が来ると娘はそれにどしどし酒を勧めながら、追分を唄えと命じた。そして私を見て笑いながら、この婆さんたち、昔はこれで土地の女郎衆であったのだといった。
四散した飯盛女郎の中、この土地に残った者も幾らかあったのだそうだ。その中の二人のこの老婆たちも程なく酔って来た。そして二人共両手に飯茶椀を持って逆さに膳の上をぽっくぽっくと叩きながら——それは馬の蹄の音を真似たものである——声をそろえて昔馴染のその唄を唄い出した。

浅間山さんなぜ焼けしゃんす裾に三宿《しゅく》持ちながら
小諸出て見りゃ浅間ヶ岳に今朝も煙が三すじ立つ
西は追分ひがしは関所なかの泊りが軽井沢

最初ただ打驚いてこの光景に対していた私は次第に膳から離れて、床の柱に頭を凭せながら眼を瞑じてこの唄に聴き入りたい気になった。が、老婆達は思いもかけぬ振舞酒に夢中になって唄って置いてはがぶがぶ飲むという風に、果てはもうべろべろになって了った。浅間しくも可笑しくもそれを眺めながら飛んだことになったものだと思っている所へいつの間に行っていたのか風呂桶から出たばかりの染めた様な真赤な身体に雫をぽたぽた滴しながら腰巻一つまとわぬ娘がよろよろと踊りながら入って来た。

# 岬の端

細かな地図を見ればよく解るであろう。房州半島と三浦半島とが鋭く突き出して奥深い東京湾の入口を極めて狭く括《くく》っている。その三浦半島の岬端から三四里手前に湾入した海浜に私はいま移り住んでいるのである。で、その半島の尖端《とっぱな》の松輪崎というのは私たちの浜からやや右寄りの正面に細く鋭く浮んで見ゆる。方角はちょうど真南に当る。また、前面一帯は房州半島で、五六里沖に鋸山や二子山が低く聳え、左手浦賀寄りの方には千駄崎という小さな崎が突き出ている。だから眼前の海の光景はちょっと見には四方とも低い陸地に囲まれた大きな湖のようで、風でも立たねば全く静かな入江である。それで、奥には横浜あり、東京あり、横須賀があって、そこへ往来の汽船軍艦が始終出入りしているので、常に沖辺に煙の影を断たず、何となく糜爛《びらん》した、古い入江の感をも与える。

私の居るのは千駄崎寄りの長さ二三里に亙《わた》った白浜で、松の疎らに靡《なび》いた漁村である。浜に出ると正面に鋸山が見える。続いて目につくのは右手に突き出た松輪崎である。細かくおぼろに霞の底に沈んでいた時も、うすうすと青みそめた初夏の頃も、常になつかしく心を惹《ひ》いていた。一度その崎の端まで行って見たいとは、早春こちらに移って来て以来の永い希望であった。盛夏のころ一月あまりを私は下野信濃の山辺に暮していたのであったが、帰って来て眺めやった海面は、いつの間にかすっかり秋になっていた。日毎に微かな西風《にし》が吹いて、沖一帯にしらじらと小さな波が立っている。とりわけて目を引いたのは松輪崎の尖端に立っている白浪で、西から来る外洋のうねりを受け、際立って高い浪が真白に打ちあげて、やがては風に散ってそこらを薄々と煙らせている。

そこからずっと背を引いた岬一帯の輪郭は秋めいた光のかげにくっきりと浮き出て見えて居る。

ある日、とりわけて空の深い朝であった。食後を縁側の柱に凭《よ》っていたが、突然座敷の妻を見返った。

「オイ、俺は今から松輪まで行って来るよ、いいだろう。」

「今から?」

とは驚いたが、兼ねて行きたがっているのを知っているので、留めもしなかった。

「そして、いつお帰り? 今夜?」

「さア、よく解らんが、あそこに宿屋があるというから気に入ったら一晩か二晩泊って来よう、イヤだったら直ぐ帰る。」

幾らか小遣銭を分けて貰って私はいそいそと家を出た。風が砂糖黍の青い葉さきに流れて、今日も暑くなりそうな日光がきらきらと砂路に輝いている。

道路を外《そ》れて直ぐ浜に出た。下駄を脱いで手頃の縄に通して提げながら高々と裾を端折った。波打際の濡砂の上を歩いてゆくと、爪先が快く砂に入って、おりおりは冷たい波がさアっと足の甲を洗う。

今日も風が出ていた。渚から沖にかけて海はしらじらとざわめいている。ふと目をあげると思いも寄らぬ方にほんのりと有明月が残っていた。沖の波に似た白雲の片々《かけら》が風に流れて、紺深く澄み入った空の片辺に、まったく忘れられたもののように懸っている。ア、と思う自分の心の底には早や久しく忘れている故郷の山川が寂しい影を投げていた。故郷と有明月、何の縁も無さそうだが、有明月を見るごとにどうしたものか私は直ぐ自分の故郷を思い起すのが癖である。渓間の林の間を歩いていた自分の幼い姿をすぐ思い浮べる。

その朝は何故か渚に漁師の姿が少ないようであった。下駄を砂上に引きずりながら、私はこの有明の月をどうがなして一首の歌に詠もうものと夢中になって苦心した。一里あまり、二里ほども歩いてゆくうちにとうとうその一首も出来ず、雪の様な浜は尽きて真黒な岩の磯が表れた。浪の音が急に高く、岩上に吹く松風の声もありありと耳に立つ。兎《と》も角もと私はそこに腰を下した。足の裏がちくちくと痛んでいる。雲の片《かけら》は次第に消えて白い月影のみいよいよ寂しい。

大概の見当をつけて崖を這い上ってみると果して小さな路があった。今度は下駄を履いて松や雑木の木の間を辿る。ずっと見はるかす左手の海の面がいかにも目新しく眺められて、ツイ磯の深い浪の間には無数の魚が群れて居そうに思われる。小さな丘を越すと一つの漁村があった。金田という。も一つ越すとまた一つあった。狭い渓谷みたいな所に二三十戸小さな家が集っている。中に一軒お寺があって切《しき》りに鉦《かね》が鳴っていた。凪のせいか、ここの漁師も沖を休んで居るらしく、そこここに集って遊んでいた。小さな茶店に休んでいるとそこにも四五人がいて、何か戦争の話が逸《はず》んでいた。村出身の予備後備の軍人の年金の話で、いま一戦争あって引出されると俺もこれでまた一稼ぎ出来るがなア、何しろこう不漁《しけ》じゃア仕様がねえと図太い声を出したのを見るともう五十歳に近い大男であった。年金を当に戦争に出たがる、耳新しいことを聞くものだと思った。

それから暫く嶮しい坂になって、登り果てた所は山ならば嶺《いただき》、つまりこの三浦半島の背であった。かなり広い平地で、薩摩芋と粟とが一杯に作ってある。思わず背延びして見渡すと遠く相模湾の方には夏の名残の雲の峰が渦巻いて、富士も天城《あまぎ》も燻《いぶ》った光線に包まれて見えわかぬ。眼下の松輪崎の前面をば戦闘艦だか巡洋艦だか大きなのが揃って四隻、どす黒い煙を吐いて湾内を指《さ》している。この頃館山港に三十隻からの軍艦が集って、それから垂れ流す糞便で所の者は大困りだという二三日前の誰かの話をふと思い出した。その演習も終っていま横須賀に帰って行く所であろう。こうして揃った姿を見ていると、何とはなしに血の踴《おど》る心地がする。松輪への路を訊くと、芋畑の中にいる爺さんが伸び上って、その電信柱について行きさえすれば間違いはないと教えてくれる。なるほどこの丘の背を通して電信柱が列《つら》なっている。そしてその先が小さくなっている。

やがて柱の行列の尽きる所に来た。なるほど、この電線はこの岬端にある剣崎灯台（土地では松輪の灯台と呼んでいる）に懸っているものであったのだ。灯台は今はただ白々と厳《いかめ》しい沈黙を守って日に輝いているのみである。そして付近に人家らしいものも見えぬ。あちこちと見廻していると、すぐ眼下の崖下にそれらしい一端が見えて居る。私は勇んで坂を降りて行った。咽喉も渇き、腹も空いていた。

降りて行って驚いた事にはそこは戸数五十近くの旧い宿場じみた漁村であった。前に小さな浅そうな入江があって、山蔭の事でぴったりと静まっている。一わたり歩いてみた所では宿屋らしい家も見えず、腰かけて休むべき店すら見つからぬ。ここが松輪かと訊くと、左様だという。兼ねて想像していた松輪には小綺麗な宿屋か小料理屋の二三軒もあって、何となく明るい賑かな浦町であった。これはこれはと呆れたり弱ったりしたが、何しろ飯を食う所がない。宿屋が一軒あったが客が無いので今は廃《や》めたのだそうだ。それならもう少し歩いて三崎までおいでなさい、これから一里半位いのものだと、その漁村の外れの藁葺の家に帰り遅れた避暑客とでもいうべき若い男が教えてくれる。窺くともなく窺くと年ごろの痩形の廂髪《ひさしがみ》が双肌《もろはだ》ぬぎの化粧の手を止めてこっちを見ている。その前の鏡台からして土地のものでない。仕方なく礼を言いながらそこを去って少し歩くと小さな掛茶屋があって、やや時季遅れの西瓜が真紅に割かれて居る。そこに寄ってこぼすともなく愚痴を零《こぼ》すと、イヤ宿屋はあるにはあるという。エ、ではどこにあると息込んで問い返すと、灯台の向う側にいま一ヶ所ここみたいな宿屋があってそこにさくら屋というのがあるという。いい宿屋か、海のそばかと畳みかければ、二階建で、海の側で、夜は灯台の光を真上に浴びるという。それではと矢庭に私は立ち上った。そして教えられた近路を取って急いだ。これで今夜は楽しく過される。兼ねて楽しんでいた独りきりの旅寝の夢が結ばれるともうその事ばかり考えて急いだ。前の丘を越え戻って、灯台の下の磯を目がけて行くと木がくれに二三の屋根が表われ、やがて十軒あまりの部落に出て来た。まず目についたはさくら屋という看板で、黒塗りのブリキ屋根の小さな軒に懸っている。海のそばという私の言葉には直ぐ浪うち際の岩の上にでもそそり立っている所を想像していたのであったが、これは狭い砂浜の隅に建てられたマッチ箱式の二階屋である。再び驚いたが、もう落胆《がっかり》する勇気も無い。私はつかつかとその店頭へ歩み寄った。

むくむく肥った四十恰好《かっこう》の内儀《おかみ》が何だか言っているのを聞き流して私は取りあえずそこの店さきにある井戸傍に立った。頭から背から足さきまで洗い流して、直ぐ二階に上ろうとした。また内儀が何か言う。あまりに頬の肉が豊富で口はその奥に引込んでしかも歯が欠けているため、何をいうのか甚だ解し難い。下座敷がよくはないかという様なことではあったが、私はずんずん階子段を上ってしまった。そして海に向いた方の部屋の障子を引きあけてみて驚いた。そこはふさがっていた。しかも三十前の男女が恐しい風をしてまだ蚊帳の中に寝ている。惶《あわ》ててそこを閉めたが、サテ他にはその反対側に今一つきり部屋がない。てれ隠しに恐々《こわごわ》それをも窺いてみると三畳くらいで、しかも日が真正面《まとも》に当っている。

すごすご下に降りると内儀は笑いながら奥の間（といってもこれより外に座敷らしい処はない）の縁側に近い所へ座布団を直した。ともあれ麦酒を一二本冷やしてくれというと、そんなものは無いという。いよいよなさけ無くなったが、それでも酒はと押し返すと、どのくらい飲むかと訊く。何しろ大変なものであろうが、とにかく少しでもやって見ようと決心して、二合ばかりつけてくれ、それに缶詰でも何でもいいから直ぐ飯を食わしてくれと頼むと、缶詰もないと呟く。そして小さな燗徳利を持って戸外《そと》へ出てゆく。オヤオヤ二合だけ買いに行くのと見える。

裸体になって柱に凭っていると、流石に冷たい風が吹く。日のかんかん照っている庭さきには子供が三人長い竿で蜻蛉を釣っている。赤い小さいのが幾つも幾つもあちこちと空を飛んでいるのだ。二階で起き上った気勢《けはい》がして何やら言い争って居る。その声の調子から二人とも芸人だなと直ぐ気づかれた。降りて来た男を見ると髪が長い、浪花節だなとまた思う。女の方はずっと若く、綺麗な荒《すさ》んだ顔をしていた。

むくむく動いて内儀さんが帰って来た。そしてまた蜻蛉釣の子供を呼んで何やらむぐむぐ言いつけている。やがて物を焼く匂いがする。ははア壺焼きだなと感づいた頃はもう好し悪しなしに燗のつくのが待ち遠かった。

案じていた程でもないと思うと、直ぐまたあとを酒屋に取りにやった。少しずつ酔の廻るにつけて、何となく四辺《あたり》が興味深く思いなされて来た。やはり初めの思い立ち通りここに一晩泊って帰ろうか、それともこのまま一睡りして夕方かけて先刻《さっき》の路を歩こうか、浪花節語りと合宿も面白いかも知れぬ、肥っちょの内儀さんも面白そうだ、などと考えていると次第に静かな気持になって来た。柱に凭《もた》れたまま斜めに仰ぐ空には高々と小さな雲が浮んで、庭さきの何やらの常磐樹《ときわぎ》の光も冷たく、自身をのみ取り巻いているような単調な浪の音にも急に心づき、秋だ秋だと思う心は酒と共に次第に深く全身を巡り始めた。またしても有明月の一首をどうかしてものにしたいと空しく心を費す。

二度目の酒も終った。飯も済んだ。泊ろうか帰ろうかの考えはまだ纏らぬ。そのうち二階ではまた何か言い合い始めた。壊れた喇叭《らっぱ》の様な男の声に混っている女の声はまるでブリキを磨り合せているようだ。それにしてもなかなかいい女だ、久しぶりにああした女を見た、などとまたあらぬ事を考え始める。うとうとしていると、突然ぼうーっという汽船の笛が直ぐ耳もとに落ちて来た。三崎行だな、と思った時には既に半分私は立ち上っていた。

「おばさん、勘定勘定、大急ぎだ。」

「…………？」

「三崎だ三崎だ、大急ぎ！」

駆けつけた時は丁度砂から艀《はしけ》を降す所であった。身軽に飛び乗るとするすると波の上に浮び出た。小さな、黒い汽船はやや離れた沖合に停ってまだ汽笛を鳴らしている。房州の端《はな》が眼近《まぢか》に見え、右手は寧ろ黒々とした遠く展《ひら》けた外洋である。せっせと押し進む艀の両側には、鰹《かつお》からでも追われて来ていたか、波の表が薄黒く見ゆるくらいまでに集った鯷《しこ》の群がばらばらばらばらと跳ね上った。

# 津軽野

青森駅を出ると直ぐに四辺《あたり》の光景は一変した。右も左も茫々漠々たる積雪の原を走って行くのである。汽車の中にはストーブが真赤に燃えていた。

窓のガラスが急に真白に輝くのに驚くと、汽車は小山の間に走り入って居るので、そこの傾斜に積った雪が窓全体に映り輝いているのである。所によると五六尺からの厚みを見せて雪の層の辷《すべ》り落ちたあとなどもあった。山間を出外れると、今度は紫紺《しこん》の美しい空が映る。今朝は近来にない晴天で、空には我らが、夏にのみ見るものと思って居た雲の峰がその外輪だけを白銀色に光らせて浮んで居る。この雲もこの北国に来てから初めて見たものである。私の国などでは見られない。

大釈迦駅《だいしやかえき》に着くと、二人の青年が惶《あわただ》しく私の窓に走り寄った。五所川原町から出迎えていてくれたのである。駅前の茶屋に休息して昼食を喰う。食前一杯を酌み交わして居ると、いつのまにやら空は暗くなってばらばらと白いものが障子に打ちつけて来た。

橇《そり》を出して迎えるわけだったのだが、それには途の雪が少し浅くなった、馬車は橇よりもっとひどく揺れてとても乗られますまいから馬を用意して来ました、貴下のお乗りになるのはあれで、加藤東籬さんの所の馬ですという。なるほど三疋の馬が怪しい西洋馬具を着けて軒下に繫《つな》がれている。

足駄を雪沓《ゆきぐつ》に履き代えた後、二三人がかりで漸く馬背に押し上げられた。臍《ほぞ》の緒切って以来、馬というのに初めて乗るのである。初めは誰か馬の口を取る人がつくのだとばかり思っていた。いざ出立となって毛内《もうない》君が先頭、次が私、あとから林君が走ることとなったのだが、豈計《あにはか》らんや、どの馬も手放しである。両君は、特に毛内君は深く騎乗の心得があると見え、いい心持でとつとつと走らせる。大いに驚いたが、この場に及んでもう弱音も吹けなかった。それに騎馬で行くという事に子供らしい面白味をも感じ、いま飲んだ酒の酔いも手伝って、ままよ落ちるなら落ちた時の事、と度胸をきめて手綱を取った。というより鞍を摑んだ。加藤東籬君、永い間の交際で今日初めて逢う筈の未見の友、その家に飼われたこの馬よ、希《ねが》わくばその主人が為に遠来の客を跳ね飛ばす事勿《なか》れ、と只管《ひたすら》に請い祈られながら……。馬は走る。わが尻は鞍上せましと右往左往に上下する。

路は程なく山に懸った。雪の深くなったのが眼立ってわかる。どの山もただ白々とただ丸々と相続いているのみで、これという森林も、寸分の地肌をも見る事は出来ない。山に続く大空も何となく低く低く垂れ下って来ている様で、思わず眉が引き締めらるる。

ある峠では途上の氷を切っていた、雪が凍てて厚い氷となっているのである。三尺も四尺も切り抜いている所などあった。数人の人夫はこの異形《いぎょう》の三人を斧に杖つきながら見送っていた。馬はよく走った。ふとしては切りさしのまだ軟《やわらか》い雪の中に脚を踏み込んで前脚悉く埋れ去ることなどもあった。

私も初めの間は皆と口調を合せて大声に喋《しゃべ》り合って来たのであったが、いつしか口を噤《つぐ》んでしまった。二人の青年は、もう欣《よろこ》ばしくて耐らぬという風にあとになりさきになり馬に轡《くつわ》を噛ませて、唄いつ叫びつして駆け廻った。私が独り遅れてとぼとぼと山の峡間《はざま》を歩ませていると、思いもよらぬその向うの岨路《そばみち》から、急に晴れやかな笑い声の落ちて来ることなどあった。

上り坂幾町、沢から沢の九十九折《つづらおり》幾町（その間は最も雪が深かった）、漸く四辺《あたり》の空気の明るくなりそめたのを感じた時、私は思わず馬を引き停めた。疎《まば》らに雪を抜いて並んで居る落葉樹の梢を透かして、直ぐこの山の麓から右にも左にも真向うにも、殆んど眼の及ぶ限りに連なり亘った太平原が眼についたからである。他の二人も私と同じく馬を停めていた。そして両人一緒に指してこれが有名な津軽平原ですと教えてくれた。

いま我らの馬を立てている小さな山脈は丁度この平原を両分する位置にある様に思われた。この麓からずうッと扇の様に拡《ひろが》った雪の原は全く何方《どちら》にも際限《はて》がない。そしてその四方はひとしく深い煙の様なものに閉じられて居る。雪でも降っているのかも知れない。ただ遠く左手に当って高い嶺が、ひとつ古鏡のように輝いていた。岩木山だそうな。

下り坂が暫く続いて馬は平地を走るようになった。いま眺めた津軽平野である。そして我らの前の一本の路のみ泥を帯びて細く続き、四望悉《しぼうことごと》く真白に光った平《たいら》である。諸所に雑木林と村落とがあった。

五所川原町に程近くなった頃、路傍の林の蔭から二人の人が現れて帽を振るのに出会った。ア、加藤さんだ、加藤さんだ、といち早く馬上の人はそれを認めて叫んだ。私の胸は踴《おど》った。手紙の上だけではあったが互に励まし励まされて来た永い間の尊い友人、その人といま初めて相見るのである。

なるほど、写真で見覚えた加藤君であった。私はただ帽子を取って頭を深く下げたのみ、何にも言う事が出来なかった。彼もまたそうであった。いま一人は、これも創作社の旧い社友である原むつを君であることを知った。

馬を下りようとしたのであったが、とにかくそのまま宿まで行った方がよかろうというので、そのまままた我らだけ馬を駆《か》った。五所川原に入ったのは漸く薄暮、四里半の難道を二時間余りで駆けたわけである。宿のツイ手前で馬を下りて、私だけ引返して加藤君らを迎えに行こうとしたのであったが、脚がまるで棒の様になっていてとても歩けなかった。宿は林旅館、林君の自宅である。そこにはまた数多の人が迎えていてくれた。和田山蘭君の弟霊光君もその中に居た。三階の大きな座敷にほッかりして坐って居るとそこの窓ガラスを通して例の真白な津軽平野の一部が見渡される。雪がまた盛んに降って来た。夜に入ると凄じい風となった。

風呂から上ると十人あまりの人がめいめい銚子を控えて私を待っていた。何という晴々しいその顔色ぞ、私は直ちに雨のような盃を引受け引受け飲み干さざるを得なかった。程なく、唄が出た。いずれも津軽特有の唄であるそうだ。いかにも、単調を極めて、しかも何ともいえぬ哀愁を帯びた調子である。甲唄い、乙応じ、満座手を拍ってこれに合すのである。所へ、俄に調子外れの拍手が起った。私の隣に坐って、今までただ手をのみ拍っていた加藤君が突如として声をあげたのである。彼生れて四十年の間、ただの一度も唄った事のない人であったそうだ。加藤さんが唄った、加藤さんが唄ったと満座の若い人達は一斉に立上って手を拍ち足を踏みならした。

ドダバ、エコノテデー、アメフリナカニ、カサコカブラネデ、ケラコモキネーデ。

彼は痩軀をゆすりながら眼を瞑じて繰返し繰返しこの唄を唄って居る。その横顔を打眺めつつ私は心ひそかに彼が竹馬の友、いま東京に在る和田山蘭を憶い起さざるを得なかった。

泣く如く加藤東籬が唄うたふその顔をひと目見せましものを

翌日、凍った雪を踏んで加藤和田林の三君と松島村に向った。松島村は同じく津軽平野の中の一部落、五所川原から約半道、どこからどこまでとも区限《くぎり》のつかぬような、タモという榛《はんのき》に似た落葉樹と藁家とが点々と散在している寂しい村である。この村に加藤君も和田山蘭君も生れたのであった。

加藤君の家も旧い藁葺家の一つであった。通された座敷の暗い広い中に立って居ると加藤君が雨戸をあけた。軒から殆んど直ちに雪が続いて、縁より二三尺も高く積って居る。軒とその積んだ雪との隙間に僅かに空や庭樹が見える。今日はよく晴れていた。

同君の家は農家だが、同君自身は身体の弱いため、余り田畑などには出ないらしい。初めての挨拶をしに来て立ってゆくその細君のうしろ姿を見送りつつ、彼女がよく働いてくれますので……といつもの低い調子で彼は私に言い足した。何もないがこれらの御馳走もみな自分の家で作ったものばかりである、夏ならばもっと種々の野菜などがあるのだが……今度千五百坪ばかりの地面に梨と林檎を植えることになった、それが実るようになったらその中に小屋を作って私だけはそちらに行ってしまうつもりです、とも彼は語った。今年十五歳になった長男をも、小学校を出ると農学校に入れてやはり百姓にするつもりです、とも付け加えた。

煤けた床の間には同じく煤けた沢山の書物が積んであった。この部屋で、彼のあの静かな静かな歌が今迄作られていたかと思うと、何ともいえぬ可懐《なつか》しさ難有《ありがた》さを覚えしめられた。昼頃から始まった酒はずッと夜まで続いたのであったが、別に酔うというでもなく、それからそれと湿《しめ》やかな話のみが続いて行った。

翌日、四月一日の朝もまたそんな風で昼になった。そしていつともなく細かな雨が降り出した。

「ホホ――、珍しいものが鳴く。」

私は縁側に出た、蟇《ひき》が近くで鳴いていたのである。こんな深い雪の中でどこに忍んでて鳴くのだろうと不思議であった。見渡す限り平らかな雪の中をあちこちと多くの人が橇《そり》を引いて歩いている。それは各自それぞれの田の雪の上に肥料を運んで置くのだそうだ。

**白雪のいづくにひそみほろほろとなきいづる蟇《ひき》か津軽野の春**

**午かけて雨とかはれるしら雪の原のをちこち肥料《こえ》運ぶ見ゆ**

午後打連れて小字吹畑なる和田家を訪うた。山蘭君の両親並びに一人だけ残して置いてある彼の長男を見舞わんためである。七八町も行くとその家だ。何やらの落葉樹、松などが家を囲んでいた。彼が家は代々の神官職で、父君で十四代、山蘭君が帰れば十五代目になるのだという。

オー、と叫びながら阿父《おとう》さんは飛んで出ていきなり私の手を取られた。そしてそのまま座敷へ連れて、いや寧ろ引きずられて行った。阿母《おかあ》さんは、ただ畳に手をつかれたきり、涙でものが言えなかった。今年七歳になる夏男君は、東京の小父さんが来るというので綺麗な着物に着かえていた。霊光君も、同君の兄で山蘭君の弟に当り今は出でて他姓を継いで居る老一君もわざわざ来って、この席に加わって居らるる、全く水入らずの一座である。酒出でて情緒いよいよ濃《こまや》か、厳父初め我ら一同、打揃って筆を執って遥かに山蘭の健康を祝する意味の長い手紙を書いた。

阿父さんまずつぶれ、次いで次ぎ次ぎに倒れて床に入った。眼がさめて考えると、私は三度も五度も阿父さんの荒鬚《あらひげ》のその口で接吻せられたようだ。今夜も風が屋根を揺って荒んでいる。

**汝《な》が父はさきくぞおはす汝《な》が母はさきくぞおはす汝がふるさとに**

# 羽後酒田港

院内の峠を越すと遠く裾を引いた高原で、季の早い秋草の花がそこここと咲いている。山にかかるとから降り出した大粒の雨まだやまず、明るく草原に降りそそいで、おりおりは痛いように車窓に入って来る。

寂しい停車場を幾つか過ぎて、高原の尽きた辺に新庄駅があった。午後四時半の事である。

惶《あわ》てて飛び降りて陸橋《ブリッジ》を渡ると、酒田ゆきという札をかけて小さな汽車が停っていた。一室に入り込んで腰のめぐりを探ってみると手巾《はんかち》がない、扇子がない。煙草まで前の汽車に忘れて来ている。初めて旅でもする者のように、私はいつでもこれである。新しく煙草を求めて、サテ車内を見廻すと随分こんでいる。大半は背に大きな判を押した白衣姿の行者の一行で、連想せらるるのは羽後の三山という旧くから聞いていた、付近にあるべき名山の事である。歴史でも、地理でも、またはいろいろの武勇伝などで、随分聞いた。途中から酒田に折れるのすら意外であった今度の旅行の事で、忘れてはならぬこれら月山《がっさん》、羽黒山、湯殿山の山の名をも私は今まで思いつかなかったのだ。何という事なく可懐《なつか》しい思いで、多くは楽隠居風の東京者らしいこれらの人たちを眺めていると、汽車は動き出した。

直ぐ見えるものと思っていた最上川《もがみがわ》は、容易に車窓に現われなかった。二つ目か三つ目の駅あたりから、漸くその悠々たる姿を山の間に現わした。予期に違わず、二三日前からの豪雨で、河は黒濁りに濁りながら、岸いっぱいになって流れていた。小舟一つ見えず、瀬という瀬もなく、ただ汪洋《おうよう》と流れている。岸から直ぐ削ったように聳《そび》え立った山にもまだ雨後の翠《みどり》が鮮かで、諸所真白に小さな滝の懸っているのも見えた。汽車は大抵岸に沿うて走ったが、私の目についたのは、汽車よりも更に近く河に沿うて続いている街道である。細い道路だが、所々旧びた宿場らしいものも見えて、いかにも昔から続いていたらしい街道である。私は中学校で地理など習い始めたころからいつかは是非行ってみたいと思われていた三つの古い港があった。一つは肥前の島原港、一つは伊豆の下田港、いま一つは羽後の酒田港、この三つであった。前の二つは既に見てしまった、残っているのは酒田港だけであるが、島原といい、下田といい、自分の空想していた古い港としていずれも失望させられぬはなかった。それで、一つ残った酒田港をば見たくもあるし、見るのが惜しいような気もしていたのである。江戸といってもまだ世の開けぬ頃、奥州の産物は必ずそこに集って、そこから海路泉州堺の港に積み出された、というような昔の話などを見たり聞いたりするごとに、私の幼い憧憬は前の二港に懲りながらなおこの未見の寒港に向って注がれていたのである。そして、ゆくりなく眼についたこの川沿の旧道がいよいよ私に最後の油を注ぎかけたのだ。失策《しま》った、汽車で来るのでなかった、あの道を歩くのだった、と思ったりした。

　河は実に悠々として流れて居る。波一つ立てず、淀を作らず、曇天の下をしらじらと光りながら動いている。雲が、ほとほと水面近くまで垂れ下って来ている対岸を見ることもあった。何とかいう駅で例の山詣りの一行はどやどやと降りて行った。私も車窓に伸び上りながらそこらを眺め廻したが、眼前の小山のほかは四方ただ深い雲で、それらしい遠山の姿を見る事は出来なかった。河に沿うて峡《はざ》間《ま》を走っていた汽車は急に平原に出た。折しも日の落つる時で、朱を流した夏雲がそれら際限のない水田の上いっぱいに流れ渡って照っていた。とりわけて雲と光の深い一個所は正しく太陽の所在を示し、地図から見ればそこに最上川が終って海となり酒田の港があらねばならなかった。

夕焼は程なく消えた。そして、迫った闇のなかにまたはらはらと降り出した時、酒田駅に着いた。着くには着いたが、まだその時まで私はそれからさき如何《どう》すべきかを考えていなかった。停車場前にでも一晩泊って一日見物してまた新庄へ引返して東京へ帰るか、毎日出るかどうか怪しいが夏ならば大抵出るだろうという汽船に乗って新潟へ越ゆるか、問題は目前に迫って来た。私は二三十分間狭い待合室で雨を見ながら惑っていたが、折から晴れかけたのをいいことにして手荷物をば停車場へ預けたまま、とにかく汽船発着所へ行って見ようとぶらぶら歩き出した。歩き出して驚いたのは、そこから直ぐに街が続いて程なく海も見えることと思っていたが、豈図《あにはか》らんや深い松林である。暗い砂地の林が随分遠く続いている。人に訊き訊き漸く街らしい所へ出たが、人声もせぬような、真暗《まっくら》な街路《とおり》である。何だか物語の中の市街でも通っている気持で、恐々《おずおず》ながら倦みもせずに行くうちに、辛うじてそこを探し当てた。訊けば明日の朝四時半に出帆するのがあるという。

その汽船発着所を出ると直ぐ、家並の間を通して光っている広い水面を見た。河だろうと出てみると果してそうであった。その河に沿うた細い路をぶらぶらと歩きながら私はまた思い惑うた。朝四時半といえば随分早い。が、とてもわざわざ一日を費して見て廻る程のところでもなさそうだ。いっそこのままここらの宿屋に泊って明朝早く船に乗ってしまおうか。そうするには停車場に預けて来た荷物の事がある。そこまで行くには大変だ。などと途方に暮れながら立ち止ってぼんやり河に向っていると、今更ながら眼につくのは河の大きさである。対岸まで正しく数丁、ずっとその末の方は丘だか林だかによって黒々と限られていてまだ海らしいものは見えぬが、殆んど海に似た豊けさを湛えている。川上の方は雲か山か闇か、折々小さく電光が閃いている。思わず水際まで降りて行って洗うともなく私は手などを洗っていた。そこへ一人の男が降りて来て同じく何か洗おうとしたが足をすべらして、飛沫を私に引っかけた。そして仰山な声で笑いながら詫を言った。どうしたものか、それを聞くと久しぶりに人間の声を聞くような可懐《なつか》しさを覚えて、私も一緒になって笑い出した。

「まあおかけなさい。」

水際からその男について登って来ると、そこは小さな氷屋になっていた。男のそういうのにつれて、私も不知《しらず》不識《しらず》そこの床几に腰を下しながら氷を註文した。見れば麦酒もあるので、それをも取り寄せた。

男の話で私は二三目前の豪雨のため発電所に故障があり昨夜から町内一帯に電灯がつかぬのである事を知った。そして道理で幽霊のような町だと思った、といって笑った。それから男は私のいま思い惑っている事を聞くと、それならツイそこに宿屋があるからそこへ泊って明朝船で立つがいい、私も随分旅をばする方だが、酒田ほど淋しい所はない、見物する所などあるものか、と言った。すると、いま一人の氷屋の亭主らしいのが、そうは言われない、これでも云々と土地自慢を数えたてた。先刻の男は小樽の商人で、やはり今日ここへ来たのだそうだが、亭主の自慢を聞き終ると、やがて立ち上がって大きな背のびをしながら、そうそう、一つある、それは女郎屋の廉《やす》いことだ、アッハッハと笑いながら、私に挨拶して出て行った。出がけに、これから鰻でも喰いに行こうと思ってる所だが、一緒に行かないかと誘ったりした。

二本目の麦酒が尽きると私も独りでそこを立ち出でた。やや心持が晴れて先刻より脚も軽い。そして、ふっと心に浮んだまま、

「行こうか！」

とひそかに微笑んだ。

大抵河口の方に相違ないと見当をつけてぶらぶらと歩いて行ったが、だんだん暗く淋しくなるばかりでそれらしい灯影さえ見当らぬ。とうとう往生して人に訊きながら路を変えて行くと、やがて小高い砂山の上へ出た。潮風らしい匂いが闇の裡にはっきりと感ぜられて、松の声が急に耳に立つ。山を降りかけて直ぐに右に折れた所、と聞いたそこへ来たのだが、それでも一向それらしい気勢がせぬ。詮方なくまた人に訊いた。

「遊廓というのはここなのですか。」

「そうです。」

見廻せば東京の質屋らしい店が並んでいる。そうだろうと思いながら暖簾《のれん》の間を窺いては見るのだが、どうも勝手が違っていて入りにくい。私はまた飲みたくない氷屋へ寄ってそこの小娘に訊いた。

「ここで何という家が一番いいのだい。」

娘は困って母らしい人に持って行った。母らしいのは笑いながら奥から出て来て、××楼でしょうと丁寧に教えながら、その家の前まで連れて来てくれた。私はいよいよその家に飛び込まざるを得なくなった。

なるほど大きな家である。古風な手燭に案内せられながら大小の階子段を右に左に三つか四つ登った。そしてある一室に入って窓をあくると、ツイそこに築山らしいものの突き出ているのを見た。縁側の方にも庭があり、松がみっしり茂って、漸くそこが山に沿うて築かれた家である事が解った。そこもやはり電灯が駄目で、やがて燭台に大きな蠟燭を点して持って来た。私は手速く勘定して袂へ入れておいた若干の金をそこへ出して、自分は旅の者で様子が解らないが出来るならこれだけでうまく飲まして貰いたいというと、承知しましたと素直にそれを持って立って行く。土地の訛《なまり》はあるが、上品な婆さんである。

全然《まるつきり》頭にない事ではなかったが、思わぬ調子から極めて急速に思わぬ場所へ飛び込んで来た事を可笑しく思いながら私は羽織をぬいで衣桁《いこう》へかけた。耳をすますと、海らしい響が遠く聞えて、蠟燭の灯に浮いた庭の松には切《しき》りに風が動いている。よく見れば、また雨が降って来たらしい。大きな家の中は天気のせいか、森閑としていて他には客もなさそうだ。

酒が来た。肴が来た。酒の意外にも上等なのが嬉しかった。そこへ若い女が来た。どうも芸者の風であると思っていると、果して三味を持って来た。やがて、対娼《あいかた》も出た。顔は綺麗だが、言葉はいずれも土地まるだしである。東京を立って以来、すっかり酒浸しになっていたので、少し飲むと私は直ぐ酔った。ともすれば風に取られようとする燭台の灯かげで、こうした女たちを見たり聞いたりして盃を続けていると、私は次第に旅の気持の身に浸んで来るのを感じた。彼らはやがて庄内名物のおばこ節というのを唄い出した。二三日来秋田でよく聞いたもので、極めて粗野な、私の大好きな唄である。

おばこ（註、娘）来るかやと、田圃のはんずれまで出て見たば、コバエテコバエテ、おばこ来もせで、よもない煙草売《たんばこうり》などふれて来る、コバエテコバエテ。

甲高い単調な唄と三味とを聴いていると、例の私の幼い空想は漸くまた頭を擡げようとするのである。こうしたさびれた船着場に無くてはならぬもののようにも耳が澄まされて来る。続いて彼らは唄う。

酒田山王山で、海老子《えびこ》とかんじか子と角力《すもう》とったば、コバエテコバエテ、海老子なしにまた腰やまがた、かじか子と角力とって投《なん》げられて、それで腰やまがった、コバエテコバエテ。

やがてその声自慢らしい若い方は独りして追分を唄い出した。例の「本間さまには及びもないが、せめてなりたや殿さまに」という土地自慢から始めて繰返し二つ三つを唄った。九州あたりの土地の唄はいかにも曲折に富んで軽快だが、この地方のは一たいに単調で沈んでいる。聴いて居れば自然と眼の瞑じられて来るのを思う。私はその松前追分を聞きながら、数年前浅間の麓の追分で聞いた「小諸出て見りゃ浅間が岳に今朝も烟が三すじ立つ」という追分節を思い出していた。そしてそれは疑いもなく野の節で、これは正しく海の唄であるなどと思ったりした。

いつの間にか雨が本降りになって来た。何だか寂しいようだからと今一人女を呼ぶことになった。燭台も二つになった。これから踊ろうというのである。

# 山寺

夕闇の部屋の中へ流れ込むのさえはっきりと見えていた霧はいつとなく消えて行って、とうとう雨は本降りとなった。あまりの音のすさまじさに縁側に出て見ると、庭さきから直ぐ立ち並んだ深い杉の木立の中へさんさんと降り注ぐ雨脚は一帯にただ見渡されて、木立から木立の梢にかけて濛々と水煙が立ち靡いている。そこへ寺男の爺さんが洋灯《ランプ》に火を点けて持って来た。ひどい降りだ、こんな日は火でも沢山おこさないと座敷が湿《し》けていけないと言いながら囲炉裡に炭を山の様についでいる。流石に山の上でこうせねばまた寒くもあるのだ。そして早速雨戸を締めてしまった。がらんとした広い室内が急にひっそりした様であったが、それも暫しで、滝の様な雨声は前より一層あざやかにこの部屋を包んでしまった。

来る早々こんな雨に会って、私は深い興味と気味悪さとに攻められながらも改めてこの朽ちかけた様な山寺の一室をしみじみと見廻さざるを得なかった。

爺さんはやがて膳を運んで来た。見れば私の分だけである。先刻《さっき》の峠茶屋の爺さんの言葉もあるので私は強いて彼自身の分をもここに運ばせ、徳利や杯をも取り寄せ、先刻茶屋から持って来た四合罎二本を身近く引寄せて二人して飲み始めた。

爺さんの喜び様は真実《まったく》見ているのがいじらしいくらいで、私のさす一杯一杯を拝む様にして飲んでいる。こういう上酒は何年振だとか、勿体《もったい》ない勿体ないといいながら、いつの間にか酔って来たと見え、固くしていた膝をも崩し、段々囲炉裡の側へもにじり出して来た。爺さん、名を伊藤孝太郎といい、この比叡山の麓の坂本の生れで、家は土地でもかなりの百姓をしていたが、彼自身はそれを嫌って京都に出て西陣織の職工をやっていた。性来の酒好きで、いつもそのために失敗《しくじ》り続けていたが、それを苦に病み通した女房が死に、やがて一人の娘がまた直ぐそのあとを追うてからは、彼は完全な飲んだくれになってしまった。郷里の家邸から地面をも瞬く間に飲んでしまい、終には三十五年とか勤めていた西陣の主人の家をも失敗《しくじ》って、旅から旅と流れ渡る様になり、身体の自由が利かなくなって北海道からこの郷里に帰って来たのが、今から六年前の事であるのだそうだ。帰ったところで家もなし、ためになる様な身よりも無しで、とうとうこんな山寺の寺男に入り込んだというのである。その概略《あらまし》をば昼間峠の茶屋でそこの爺さんから聞いて来たのであったが、いま眼の前にその本人を見守りながらその事を思い出しているといかにもいじらしい思いがして、私は自分で飲むのは忘れて彼に杯を強いた。

難有《ありがた》い難有いと言い続けながら、やがてはどうせ私ももう長い事は無いし、いつか一度思う存分飲んで見たいと思っていたが、やっぱり阿弥陀様《あみださま》のお蔭かして今日旦那に逢ってこんな難有いことは無い、毎朝私は御灯明を上げながら、決して長生きをしようとは思わない、いつ死んでもいいが、ただどうかぽっくりと死なして下されとそればかり祈っていたのであるが、この分ではもう今夜死んでも憾《うら》みは無い、などと言いながら眼には涙を浮べて居る。五尺七八寸もあろうかと思われる大男で、眼の大きい、口もとのよく締らない様な、見るからに好人物で、遠いというより全くの金聾《かなつんぼ》であるほど耳が遠い。それが不思議に、酒を飲み始めてからは案外によく聞え出して、後では平常通りの声で話が通ずる様になった。そして今度は向うで言う呂律《ろれつ》が怪しくなって、私の耳に聞き取りにくくなって来た。

今夜死んでもいいなどというのを聞いてから、急にこう飲ませていいかしらと私も気になり出したのであったが、いつの間にか二本の壜を空にしてしまった。私だけは軽く茶漬を掻き込んだが、爺さんはとうとう飯をよう食わず、膳も何もそのままにしておいて何か鼻唄をうたいながら自分の部屋に寝に行った。私も独りで部屋の隅に床を延べて横になったが妙に眼が冴えて眠られず、まじまじとしているとまた耳につくのは雨の音である。まだ盛んに降っている。のみならず、妙な音が部屋の中でする様なので細めた灯をかきあげてみると果して隅の一本の柱がべっとりと濡れて、そのあたりにぽとぽとと雨が漏っているのである。枕許まで来ねばよいがと、気を揉みながらいつかそのままに眠ってしまった。


眼が覚めて見ると雨戸の隙間が明るくなっている。雨は、と思うと何の音もせぬ。もう爺さんも起きた頃だと勝手元の方に耳を澄ませても何の音もせぬ。まさか何事もあったのではあるまいと流石に胸をときめかせながら寝たまま煙草に火をつけていると、朗かに啼く鳥の声が耳に入って来た。

何というその鳥の多さだろう。あれかこれかと心あたりの鳥の名を思い出していても、とても数え切れぬほどの種々の音色が枕の上に落ちて来る。私は耐え難くなって飛び起きた。そして雨戸を引きあけた。

照るともなく、曇るともなく、燻《いぶ》り渡った一面の光である。見上ぐる杉の木立は次から次とただ静かに押し並んで、見渡す限り微かな風もない。それからそれと眼を移して見ていると、私は杉の木立と木立との間に遥かに光るものを見出した。麓の琵琶湖である。どこからどこまでとその周囲も解らないが、とにかく朧々《おぼろおぼろ》とその水面の一部が輝いているのである。

余りに静かな眺めなので私はわれを忘れてぼんやりとそこらを見廻していたが、また一つのものを見出した。丁度渓間の様になって眼前から直ぐ落ち込んで行っている窪地一帯には僅かの間杉木立が途断えて細長い雑木林となっているが、その藪の中をのそりのそりと半身を屈めながら何か探している人がいるのである。頭を丸々と剃った大男の、紛う方なき寺男の爺さんである。それを見ると妙に私は嬉しくなって大声に呼びかけたが、案の定、彼は振向こうともしなかった。

後、庭に降りて筧《かけひ》の前で顔を洗って居ると爺さんは青々とした野生の独活《うど》を提げて帰って来た。こんなものも出ていたと言いながら二三本の筍をも取出して見せた。

この××院というのは比叡の山中に残っている十六七の古寺のうち、最も奥に在って、また最も廃れた寺であった。住持もあるにはあるが、麓の寺とかけ持ちで、何か事のある時のほか滅多には登って来ず、年中殆んどこの寺男の爺さんが一人で留守居をして居るのである。四方ただ杉の林があるのみで、しかも渓間の行きどまりになった所に在るために根本中堂だの浄土院だの釈迦堂だの、または四明岳《しめいがたけ》、元黒谷《もとくろだに》などへ往来する参詣人たちも殆んど立ち寄る事なく、まる一週間滞在している間、私はこの金聾の爺さんのほか、人間の顔というものを余り見る事なくして過してしまった。

多いのはただ鳥の声である。この大正十年が当山開祖伝教大師の一千一百年忌に当るという旧い山、そして五里四方に亙ると称えらるる広い森林、その到る所が殆んど鳥の声で満ちている。

朝、最も早く啼くのが郭公《かっこう》である、かっこうかっこうと啼く、鋭くして澄み、しかもその間に何とも言い難い寂《さび》を持ったこの声が山から渓の冷たい肌を刺す様にして響き渡るのは大抵午前の四時前後である。この鳥の啼く時、山はまったく鳴りを沈めている。かっと鋭く高く、そうして直ちにこうと引く、その声がほぼ二つか三つ或る場所で続けさまに起ったかと思うと、もうその次は異ったある頂上か渓の深みに移って居る。彼女は暫くも同じ所に留まっていない。しかして殆んどその姿を人に見せた事がない。杜鵑《ほととぎす》も朝が滋《はや》い。これは必ずそこらでの最も高い梢でなくては啼かぬ。この鳥も二声か三声しか声を続けぬが、どうかすると取り乱して啼き立つる事がある。その時は例の本尊かけたかの律も破れて、全く急迫した乱調となって来る。日のよく照る朝など、聴いていて息苦しくなるのを感ずる。この鳥は声よりも、峰から峰、梢から梢に飛び渡る時の、鋭い姿が誠にいい。それから高調子の声に混って、何という鳥だか、大きさは燕ほどでその尾の一尺くらい長いのがいて、細々と、実に細々と息を切らずに啼いているのがある。これは下枝《しずえ》から下枝を渡って歩いて、時には四五羽その長い愛らしい尾をつらねているのを見る。

日が闌《た》けて、木深い渓が日の光に煙った様に見ゆる時、いずこより起って来るのだか、大きな筒から限りもなく抜け出して来る様な声で啼き立つる鳥が居る。初めもなく、終りもない、聴いて居れば次第に魂を吸い取られて行く様に、寄辺ない声の鳥である。ある時は極めて間遠にある時は釣瓶《つるべ》打ちに烈しく啼く。この鳥も容易に姿を見せぬ。声に引かれて何とかして一目見たいものと幾度も私は木の雫に濡れながら林深く分け入ったが、終に見る事が出来なかった。筒鳥というのがこれである。

筒鳥の声は極めて図抜けた、間の抜けたものであるが、それをやや小さく、かつ人間くさくしたものに呼子鳥《よぶこどり》というのが居る。初め筒鳥の子鳥が啼いているのかと思ったが、よく聞けば全く異っている。山鳩にも似、また梟にも近いが、そのいずれとも違った、やはり呼子鳥としての言い難い寂びを帯びた声である。数えれば際《きり》がない。晴れた朝など、これらの鳥が殆んど一斉にそこここの渓から峰にかけて啼き立つる。茫然と佇んで耳を澄ます私は、私の身体全体の痛み出す様な感覚に襲わるる事が再々あった。

ある日の夕方、もう暗くなりかけた頃、ぼんやり疲れて散歩から帰って来ると、思いもかけぬ本堂の縁の下から這い出して来る男がいた。喫驚《きっきょう》して見ると、寺男の爺さんである。何をするのだと訊くと、にやにや笑っていて答えなかったが、やがてどうも狐や狸の悪戯《いたずら》がひどいので毎晩こうして御飯を上げて置くのだという。どんな悪戯だと訊くと、昼間でも時々本堂の方で寺の割れる様な音をさせたり、夜になると軒先に大入道になって立っていたり、便所の入口をわからなくしたり、暗くなって帰って来る眼の前に急に大きな滝を出来したりする、が、ああしてお供えをする様になってからそんな事はなくなったと言う。では僕たちはお狐さんと一つ鍋の飯を喰ってるわけだネ、と言って笑ったが、その晩から私は小便だけは部屋の前の縁先から飛ばす事にした。

毎晩爺さんとの対酌が日毎に楽しくなった。山の茶屋から壜詰を取っていては高くつくからと言いながら爺さんは毎日一里半余りの坂路を上下して麓の宿《しゆく》の酒屋から買って来る事にした。爺さんの留守の間、私は持って来た仕事（旅さきでやる事になった自分の雑誌の編集）をしながら、淋しくなれば渓間に出て蕨を摘んだり、虎杖《いたどり》を取ったり（これは一夜漬の漬物に恰好である）、独活《うど》を掘ったりしてその帰りを待つのである。

ここに一つ惨《いたま》しい事が出来た。この四五年の間、爺さんは酒らしい酒を飲まず、稀に飲めばとて一合四五銭のものをコップで飲むくらいで、こうした酒に燗をつけて、飲むという事は断えて無かったのである。ところが私が来て以来毎晩こうして土地での上酒に缶詰ものの肉類に箸をつけてゆくうちに彼は久しく忘れていた世の中の味を思い出したものらしい。元来この寺は廃寺同然の寺で、ただ毎朝お灯明を上ぐるか折々庭の掃除をするくらいのもので仕事といっては何もない。その代りただ喰べてゆくというだけで、報酬というものも殆んど無かった。それでまた諦めていたのであるが、彼は急にそれで慊《あきた》らなくなった。ある夜、得々として私に言い出した。今日酒屋から帰りに△△院というに寄って、前から話のあった事ではあるしどうかこちらへ私を使ってくれぬかと頼んだ所、お前さえよければいつ来てもいい、働き一つで五円でも六円でも金はやるからと言われた、明日早速里に降りてこちらのお住持には断りを言うてあちらのお寺へ移る事にする、そうすれば私もまたこれから時々はこうしたお酒も飲めるからと、いかにも嬉しげなのである。何となく困った事を仕出かした様にも思うたが、強いて止めるわけにもゆかず、それでいつから移るのだと訊くと、旦那がここを立たれる日に直ぐ移るという。こちらの住持が困りはせぬかと言えば、少しは困るだろうが致し方が無い、大体こちらのお住持が余りに吝嗇《けち》だからこういう事にもなるのだという。

いよいよ私の寺を立つ日が来た。その前の晩、お別れだからというので、私は爺さんのほか、最初私をこの寺に周旋してくれた峠茶屋の爺さんをも呼んで、いつもよりやや念入りの酒宴を開いた。茶屋の爺さんは寺の爺さんより五歳上の七十一歳だそうだが、まだ極めて達者で、数年来、山中の一軒家にただ独り寝起きして昼間だけ女房や娘を麓から通わせているのである。

寺の爺さんは私の出した幾らでもない金を持って朝から麓へ降りて、実に克明に種々な食物を買って来た。酒も多く取り寄せ、私もその夜は大いに酔うつもりで、サテ三人して囲炉裡を囲んでゆっくりと飲み始めた。が、やはり爺さん達の方が先に酔って、私は空しく二人の酔いぶりを見て居る様な事になった。そして、口も利けなくなった、両個《ふたり》の爺さんがよれつもつれつして酔っているのを見て、楽しいとも悲しいとも知れぬ感じが身に湧いて、私はたびたび涙を飲み込んだ。やがて一人は全く酔いつぶれ、一人は剛情にも是非茶屋まで帰るというのだが脚が利かぬので私はそれを肩にして送って行った。そうしていよいよ別れる時、もうこれで旦那とも一生のお別れだろうが、と言われてとうとう私も泣いてしまった。

翌日、早朝から転居《ひっこし》をする筈の孝太爺は私に別れかねてせめて麓までと八瀬村まで送って来た。

そこでなお別れかね、とうとう京都まで送って来た。

京都での別れは一層つらかった。

# 山上湖へ

五月三十一日　晴、のち雨。

昼飯の時、酒を一本つけて貰った。今度自分の手で出版する事になったある友人の歌集が漸く出来て来たので今朝からかかって寄贈先や註文先へ送る分を荷造りしていま郵便局へ持って行って来た所であった。この数日は何という事なく無闇に忙しかった。が、永い間気になっていた歌集が漸く出来上り、送るべき先へは送ったりしたので、やれやれという気で一杯飲むことにしたのである。

家族たちは先に食事を済ましていたので自分独り、そこらの障子をあけ放ってちびちびと飲み始めた。きょうも燻った様な初夏の好天気で、庭前の樹に風が僅かに見え、垣根の雑草の中では雀の声が微かに起って、おりおり動くその姿も見えておる。大きい子供は遊びに出かけ、末の赤ん坊は部屋の隅に小さく睡り、妻と女中がその側で縫物をしておる。誠に近頃にない静かな気持で、一つ一つと盃を唇に運んで行った。

穏かな酔が次第に身内に廻って来るとうつらうつらとある事を考え始めていた。昨日東京堂から受取って来た雑誌代がまだそのまま財布の中に残って居る事も頭に浮んで来て、とうとう切り出した。

「オイ、俺はちょっと旅行して来るよ。」

ちょっと驚いたらしかったが、また癖だ、という風で、

「どこに……何日《いっ》から？」

妻はにやにや笑いながら言った。

「今から行って来る、上州がいいと思うがネ、……」

実はまだ行先は自分でもきまらなかったのである。印旛沼から霞ヶ浦の方を廻って見たいというのと、赤城《あかぎ》から榛名《はるな》へ登って来たいというのと、この二つの願いは四辺《あたり》の若葉が次第に濃くなると共に私の心の底に深く根ざしていたのだが、サテいよいよそれを実行するというのは今のところちょっと困難らしく思われて、妻にも言いはしなかったのであった。

「Y――さんを訪ねるの？」

「ウム、Y――にも逢って来るが、赤城に登りたいのだ、それから榛名へ。」

と言ってるうちに急に心がせき立って来た。もうちびちびなどやっていられない気で、惶《あわ》てて食事をも片付けた。

「それで……幾日くらい？」

為方《しかた》無しという風に立ち上った妻はいつも旅に出る時に持って行く小さな合財袋を箪笥から取り出しながら、立ったままで訊いた。

「そうさネ、二日か三日、永くて四日だろうよ、大急ぎだ。」

そう言ってる間にいよいよ上州行に心が決って汽車の時間表を黒い布の合財袋から取り出した。上野発午後二時のに辛うじて間に合いそうだ。袴も穿かずに飛び出した。

「お急ぎなさい、直ぐ出ます。」

という言葉と一緒に前橋までの切符を受取って汗みどろになりながらとある車室に飛び込んだ。いかにも、腰を下すか下さぬに一杯の人を積み込んだ黒い様な汽車はごとりごとりと動き出した。

いつもの通り、赤羽を越す頃から漸く心も落ちついて来た。鉄橋を渡ると汽車はまったく平原の中に出た。忘れていたが、今は麦の秋なのだ。黄いろく熟れた、いかにも豊作らしい麦畑が眼の及ぶ限り連って、二人三人と散らばった人影がそこでもここでもひっそりと刈っておる。この辺は麦畑と水田とが次ぎ次ぎと隣り合い、それぞれの畔にはいま真青な榛の木立が並み立って居る。榛の蔭にはそれらのほかに間々馬鈴薯の畑も交って、白々と花が咲いて居る。なお意外であったのは、とびとびの水田の中にもう苗を植えつけているのも見ゆることであった。車の揺るるに従って次第に静かになって来た心の底にはいつか遠い故郷の夏の姿が映って来た。同じく麦刈田植、やがては軒さきを飛んでいるちいさい蛍の姿なども。

麦畑の鈍い黄と、おちこちの木立を籠めた鈍い緑と、それらを押し包んで煙り渡っている今日の日光との奥の方に秩父山脈が低く長く横伏しておる。雲はあるがごとく無きが如く、風あるが如く無きがごとく、天も地も殆んど同じ様な鈍い重い光の裡に眠って、走りゆくこの汽車さえも眠りながらに走って居るかの思いがする。車中の蒸し暑い空気のなかには夏蜜柑の匂いや女の髪の匂いがほのかに流れ、うつらうつらとしておる私のツイ前には居睡りがちの母親の膝に抱かれた赤児がおりおり泣いたり、笑ったりしておる。

が、神保原駅あたりから急に光景が一変した。そよそよとのみ車窓から吹き入っていた風が俄に荒々しくなって来た。そしていかにもうすら冷たい。車の左右に靡《なび》いておる葉裏の白々しい光もまた冷たく変って、遠い野末の畑の上あたりには現に雨でも走っているかの様にほの白い土煙が長々と起っておる。次第に近くなって来た赤城榛名あたりにはすっかり雲が懸ってしまった。そうこうしているうちに高崎駅に着いた。何となく心の騒ぐのを覚えて私は麦酒を買い取りながら口移しに飲んでおると、汽車はまた進行を始めた。そして駅を外れると共に終《つい》に雨は落ちて来た。惶てて締め切った玻璃戸を射るそれは、ひとつひとつにシュッ、シュッという音をたてて斜めに烈しく注いで来る。一時夕陽がうす青く射そうとした榛名赤城にはいま眼に見えてその荒い雨の走っているのが見えて来た。利根の鉄橋を渡ると間もなく前橋駅に着いた。

改札口を出ると薄暗い様な雨と風、罵り交す乗客と俥屋との応答など、すべて暴風雨中の光景である。その中から辛うじて一人の俥夫を求めて、前橋市外下川原というへ急がせた。烈しい向い風の上に俥夫がかなりの老人であるために、俥はおりおり危うげに立ち止らねばならなかった。幸い雨は小降りになったので幌をば全部とりのけさせ、傘は無論さされないので濡れながら行く。しかもなお歩むに等しい足取である。漸く目的の一明館というへ辿り着いたが、この風雨を避くるためにまだ明るいのにすっかり雨戸が閉してあった。

二階から降りて来たY――は私の顔を見て呆気にとられて驚いた。寧ろ途方に暮れた様に私の冷たい手を握って、やがてその部屋に連れて行った。いつか近いうちに訪ねようとは言って置いたが、まさか今日とは思わなかったのだ。私としても思いがけぬ事であった。互いに笑顔を合せながら急には話の糸口すらも出て来なかった。何はともあれ、と言いながら彼は酒を持って来た。そして一口二口と話がほどけて行った。

「さア、困ったなア。」

と時計を見い見いさも困った様にいう。何故《なぜ》、と訊くと、きょうは土曜の夜の集会《あつまり》で、ちょっとでも教会に顔を出さねば悪いというのだ。それは無論行って来るがいい、と押し勧めて出してやった。出がけに言い置いて行ったと見え、宿の主婦が更に酒や肴やを運んで来た。雨はあがったらしいが、ひどい風だ。窓さきの木の葉の揉まれに揉まれているのが、眼に見ゆる様だ。その中で蛙の声が遠くなり近くなりして聞えておる。とにかく東京から離れて来ている意識が漸く心に湧いて来る。

見るとさっぱりと片付けられた机の上には何やら青葉の広い草の鉢が置かれてある。鈴蘭らしいと覗くといかにも白い小さな花がその葉蔭に鈴なりに咲いている。旅から旅と渡りながらも読んで来たらしい種々の書籍が机の付近から床の間にずっと並べてある。大抵は文学書類である中に大小幾種かの聖書や『露西亜語文法』などが混っている。信濃のある古駅に於ける旧本陣の家に生れ、同じ国のある豪族の養子となって成長したが、二十歳の頃に家を出て「南へ、南へ」という様なことを考えながら東京から瀬戸内海のある海浜に赴いて蜜柑栽培を企て、それが漸くものになりかけるとまた今度は露西亜行を思い立った。そしてその足場としてまず朝鮮の京城に渡った。そこで羊羹屋をやったり新聞記者をしたりしている間に終《つい》に身体を壊して内地に帰って来た。そして何の先触《さきぶれ》もなく私の家へ憔悴した旅姿を現したのはツイこの三月の末であった。そうなっても郷里へ帰るのを嫌って、この前橋に居るある西洋人の日本語教師となって直ぐこの土地へ来たのであった。私と知合になったのはまだ彼が十七八歳の頃であった。

「君は一体いま幾歳《いくつ》になったのかネ？」

また降り出した雨にびっしょり濡れながら帰って来た彼の顔を見ると私は問うた。

「二十……八かナ、九かナ、………何故?」

「何故でもないが……」

寝るのが惜しくてずっと遅くまで話した。非常に冷える夜で、火鉢には断えず火を真赤に起しながら。


六月一日、快晴。

自宅に寝ている気で眼を覚すと、椋鳥《むくどり》らしい声や雀の啼くのがたいへん身近に聞えておる。漸く意識がはっきりして来ると共に、寝ながら片手を延ばせば戸の開かれそうな所に窓のあるのを知った。半身を起してそれを開く。桜の大きな青い枝が直ちに窓を掩うていた。その向うにも同じく三四本うす暗く続いて、やがて松の木立となって居る。そして雀は桜に、椋鳥は松の梢に群れて居るらしい。見たところ、素敵な天気だ。

長い髪を枕に垂らして熟睡している友の蒼い顔を暫く見ていたが、桜の葉に落ちて来る日光の茜色《あかねいろ》が次第に鮮かになるのを見ると耐え兼ねてまず私は起き上った。薄暗い廊下に出てそこの雨戸を一二枚繰りながら驚いた。眼の前を大きな利根川が流れておる。広い川原の中に白々とした荒い瀬がしらを見せながら流れておる。そして、その遠景をなす山々の驚くべき眺めよ！

ずっと右手寄りに近いのは直ぐ榛名《はるな》と解る。その次の図々しい頂を見せた高山は疑いもなく浅間であらねばならぬ。見よ、その頂上にしっとりと纏り着いて僅かに端を靡かせた白い噴煙を。浅間に懐かれた様な風になって寂しい一つの山が立つ。妙義である。それからずっと左手にかけて、殆んど眼界の及ぶ限りに押し並んだ一列の山脈、滴る様な朝日の蔭に鮮かな墨色を流して端然と続いて居る。手前の、わけても墨色の濃いのは秩父らしい。その奥に、ずっと奥に、純白な雪を被って聳えて居るのは、サテいずこの山だろう。信濃か、甲斐か、と頭の中に地図をひろげている所へ、背の高い友が来て立った。

友もその山をば知らなかった。ただ甲州のずっと奥、寧ろ西南部に位置する辺らしいという。

「よく晴れましたねエ、こんな事は僕がこちらに来てから幾度もありはしません。昨夜の暴風雨のせいですね。」

と言いながら、

「見えますよ、蓼科《たでしな》が。」

「え、どこに？」

なるほど、浅間妙義のやや左、墨色の群山の奥に、見覚えのあるその山の嶺が僅かに見ゆる。そこにもほのかに雪が輝いて居た。

顔を洗いに庭に降りた。庭はかなりに広く、木立が深い。そして川端であるせいか、庭の中の二箇所から清水が湧いて居る。一つはやや傾斜をなした上手の方に湧くので自ずとそのまま庭の中を小さな流となって下っている。庭の種々の木立の蔭いちめんに美女桜という愛らしい草花が咲き乱れて、その他にも薔薇や小田巻などが水に沿うて咲いている。葵の蕾ももう大きい。大きな柘榴の木が三四本、それにも鮮紅な花が見ゆる。

実はその朝直ぐ赤城に登る積りであった。が、妙に気分が重く、頭も痛み、咽喉も怪しい。額もかなり熱い。それに友人が憤った様に留めるので、その日一日をそこに留る事にする。朝食後、一時間あまり付近の川原から公園の方を散歩する。今日が鮎漁の解禁日だというので、川の上下にそれらしい人が多く見えていた。且《か》つ朔日《ついたち》であるために付近に多い製糸や織物工場の工女たちが白粉を塗り、晴着を着て広い川原で遊んでいた。日曜学校の方をも助《す》けている友人は途中からそこへ出勤し、自分だけ宿に帰る。書籍を引出して読みかけたが、どうも頭が痛むのでやがて蒲団を被って寝る。

夕方、二人して散歩に出る。友人が常に来て遊ぶという林へ行った。川端で、誠にいい林だ。アカシヤのみの林もあり、楢や松の雑木林もあった。それからなお川沿いに歩いてある川魚料理の茶屋に入った。が、あてにして来た鮎は無くて、その代り鯉を種々に料理させて喰べた。夕陽の蔭に真向いの榛名山が紫紺の色に浮び、やがてはその上に二つ三つの大きな星と共に五日頃の月が出て、渦巻き下る川瀬の波は光と影とをなめらかに織りなしていた。

六月二日、晴。

晴れてはいるが、昨日の様に鮮かに山影を眺むる事は出来なかった。中天のみ蒼く、四方は淡く煙っている。庭の草木の色はそれだけに瑞々しく、柘榴の花や柿若葉の間を軽やかに燕が飛び、小さな井手の流を距《へだ》てた水田からはいちめんに蛙の声が起っている。まだ咽喉と頭とが痛い。非常に忙しい筈の間をこうして空しく費しているのは何となく心に済まず、赤城登りをばまたに延ばして今度はこのまま東京に引返そうと思った。が、折角来たのにもう一日延して御らんなさい、というY——君の言葉に引かされてまた思い留る。彼の出勤したあと、蒲団など出して見たが寝て居るのも辛く、今度は黙って通り過ぎようと思っていた萩原朔太郎君を訪ねて行く。萩原君とも久しぶりであった。前橋市は一体に水の豊かな所らしく、同君の寂びた庭にも清い流が通っている。その水際には虎耳草《ゆきのした》が真白に咲き、ゆずり葉の老木が静かに日光を遮って居る。その庭の流を聞きながらとうとう半日語り続け、昼飯を馳走になってから帰る。帰る途中、思いがけずW――君に出会った。同君はわが創作社の旧い社友で、早稲田を出ると共に横浜の某商館に勤めているとのみ思っていたのにここで会うのは意外であった。阿母さんが近く亡くなられて急にこちらに帰っているのだそうだ。思い出せば、前橋は彼の故郷であった。帰って、お医者である萩原君の阿父さんから頂いて来た薬を飲んでぐっすりと夕方まで寝る。

夜に入ってW――君と萩原君と前後して訪ねて来てくれた。W――君はどこぞへ出て久しぶりにゆっくり飲もうと頻りに勧めてくれるけれど、一生懸命我慢して用心する。

六月三日、曇、晴、のち雨。

幾らか熱もあるし、運悪く曇って来たが、思い切って登る事に決心する。ただ赤城へはここから七里ほど歩かなくてはならぬ。榛名ならば伊香保まで電車でゆき、あと山上の湖まで二里の路だというので、赤城をばまたの時に思い残しまず榛名へ登る事にする。今度目ざして来た山上湖は赤城の方が遥かにいいのだそうだ。その電車までY——君に送られ、何となく心細い気持で赤城の麓を廻りながら渋川で乗り換え、伊香保に向った。この辺は昨年の秋、利根の上流へ行った時通った記憶がまだ新しい。渋川から伊香保まで登ってゆく歩みの遅い電車の左右は全く若葉の世界である。東京付近よりは一月近くも季節が遅いらしく、若葉の色もまだ柔かで、まま藤の花が見え、山畑の隅には桐が咲いている。赤城躑躅《つつじ》とでもいうのか真紅のそれは随所に咲き盛っていた。

伊香保をば足早に通り過ぎた。この身体では折角の温泉にも飛び込む勇気がないからである。それでも町端れの茶店に腰かけ熱燗《あつかん》を一杯引っかけて勇気をつけ、いよいよ尻を端折って出かけた。家並《やなみ》を出はずれると、忽ち山路になった。そして、深い青葉若葉の茂みのなかから種々様々な鳥の声がいっせいに降って来た。

今度無理をして山へ山へと念じて来たのも実はこの鳥の声が聞きたいからばかりであった。私は山深い所に生れて幼くからこの深山の鳥のさまざまな声に親しんで来た。そして、どうしたものか、春の鳥より秋から冬へかけての鳥の声よりもこの若葉の頃に啼く鳥に深く心を惹かるる習慣をつけて来た。初夏の風物は一体に私は好きであるが、眼前の若葉の色の悩ましいのを見るにつけてまず思い出さるるは山深く棲む種々な鳥の声である。昨年も恰度《ちょうど》この頃、私は山城の比叡山に登っていた。十日ほどそこの山寺に籠りながら朝夕に啼くその声々を聴いてほんとにどれだけ心を澄まし魂を休ませたであったろう。日もささぬ木立の深いなかで眼を瞑ってそれに耳を傾けていると、久しく忘れていた「自分」というものに思わずも邂逅《めぐりあ》った様な哀《かな》しさ楽しさを沁々《しみじみ》と身に覚えたのであった。痛い様なその記憶がこの季節と共にまざまざと私の身に帰って来た。そして心の渇く様にひたすらに山が恋しくなったのであった。その望みはまず達せられた。踏みしむる路は微かに湿りを帯び、眼上の峰、見下す渓間は萌え立った若葉に渦巻き、種々様々の名も知らぬ鳥の諸声《もろごえ》はそこからここからと溢れ出て私の身を刺して来るのである。歩調を緩めて歩きながら私はこの頃に珍しい緊張と満足とを覚えていた。しかしそれら小鳥の声ではまだ充分には安心出来ぬ何物かを心に持っていた。

その若葉の渓、闊葉樹《かつようじゅ》の林は長くは続かなかった。やがて松や落葉松《からまつ》が井条風《せいじょうふう》に植え込まれたまだ年若い植林地帯に辿りかかった。深山らしい小鳥の声もそれと共に尽きて、僅かにとびとびの松の梢に頰白鳥《ほおじろ》の啼くのが聞えていた。曇りは晴れて、燻《いぶ》った日光が山から射して来た。路は渓とも分れて、無辺際とも思わる る広い乾き切った松林や落葉松《からまつ》林の間に入ったのである。用心のために前橋の友人から借りて着込んで来た冬シャツや肌着から終には羽織の裏までも湿るくらいに汗が湧いて来た。

ある真直ぐな長い坂の中途であった。ふと私は自分の耳に通じて来るある声を聞いた。立ち留って耳を澄ましていると、やがてその声は続いた。いいいいくわっこう、いいいいくわっこう、くわっこう、かっこう、かっこう、かっこう——まさしく彼の声である。郭公の啼く声である。

「あ——」

と思わず私は息を飲んだ。そして眼を瞶《みは》ってその声の方角を探《たず》ぬるとなだらかな傾斜を帯びた山肌が大きく幾つも起伏して先から先へと続いている。淡い日光を浴びた稚松《わかまつ》の林は色さえも何となく薄赤みを帯びてただ寂然とひそまっておる。寂しい声は浅い海の様なその林のどこからか起って来るのだ。

「あ——、あ——」

私は呻く様に幾度か低く声に出して、身体の何処からともなく湧いて来る感動を抑えた。そして、強いて心を静かに保ちながら白茶けた坂を登って行った。

「ほっ、たんかけたか、ほっ、たんかけたか！」

こうした烈しい啼声がまた突然私の頭上を通り過ぎた。

杜鵑《ほととぎす》である。しかもツイ私の身近に落ちてその声は停った。

「ほっ、たんかけたか、ほっ、たんかけたか！」

やがてまた直ちに続いた。よく透かせばその姿も見えそうに思われる所からである。私はひっそりと路傍の青い草の上に坐り込んだ。

「ほっ、たんかけたか、ほっ、たんかけたか！」

「くわっこう、くわっこう、……」

私は終《つい》に仰向けに草の上に身を延ばした。そして双方の掌をきつく顔の上に置きながら眼を閉じた。

二つの声は、一つは近く一つは遠く、時にはかたみがわりに、時には同時に、間断なしに聞えて来た。何ともいえぬ静寂と光明とがその声に聴き入っている私の身辺をしっとりと包んで来た。山はただその鳥の声のためにかすかに呼吸《いき》づき、ひそまり返っている四辺《あたり》の松の木はただそのためにほのかに光を放っている様にのみ私には思われて来た。ああ、鳥は啼く、鳥は啼く。

私はまた更なる鳥を聞いた。釣瓶打ちに打つ様な、初め無く終りも無いやるせないその声、光から生れて光の中へ、闇から闇へ消えてゆく様なその声、筒鳥の声である。

多くの鳥の中で筒鳥と、郭公と、而《しか》して杜鵑と、この三つの鳥はいつからとなく私の心のなかに寂しい巣をくっていた。私の心が空虚になる時、私の心が渇く時、彼らは啼いた。私の心がさびしい時、あこがるる時、彼らは啼いた。私の心が何かを求めて動く時、疲れてそこに横たわる時、彼らは私と同じい心に於て私の心にそのまことの声を投げてくれた。それら私の心の親友どもは、いま、明るい日光の、匂い煙る松の林の、こうしている私の眼の前で声を揃えて啼いている。嗚呼、まことに啼いている。

私は非常に疲れて起き上った。眩しい日光に何となく羞しさを覚えながら酔った者の様にふらふらと歩き出した。鳥どもは遠く離ればなれになりながらまだ啼いている。一時の昂奮の去った後に聞く彼らの声は、更にまた別種の寂寥を帯びてそこからあそこからと聞えて来るのである。疲れながら、私はやや足を急がせた。そして程なくある意外な光景を見出した。

伊香保から山上の湖まで二里というこの二里の山路はただひたすらに登るもの

だとのみ考えていた。そしてかれこれもう一里余り来たであろうかという時、ある峠らしい場所に達した。急ぎ足にその峠を過ぎ様として、驚いた。思いもかけぬ平原が広々とそこから前方にかすかな傾斜を保ちながら打ち開けていたのである。平原の四方には、四つ五つの鋭い峰が多くは頂上の岩を露わしながら各自独立して聳えておる。その中で最も高く見ゆるのがその形から推して榛名富士と呼ばるるものであろう。おもうにこの平原は古えの大噴火口の跡で、その火口が次第に狭まりながら幾個所にも分れて火を噴く様になり、その一つ一つが峰となって残り、この榛名富士の一峰がその最後まで活動していたものであろう。こうした火山の形を私は阿蘇火山に於て見た事がある。阿蘇は現に煙をあげているが死火山としてのこの山の頂上に登って来て私は図《はか》らずもこの寂しい平原を見出したのである。原の夏はまだ極めて浅いものであった。白茶けた熊笹が茂り、去年の草の蔭に僅かに青みを見せて雑草が萌え、その間に柏と見ゆる老木が諸所に散らばって、漸く芽を吹こうとしておる。ただこれのみは鮮かな躑躅の花がそれら熊笹や枯草の間にちりぢりに燃えているがこれとてもまだ蕾がちであるらしい。見渡す限り、ただ茫漠たる原の上にこれはまた夥しい雲雀の声である。よく聞けばその声は天からのみならず地よりも起る。人を怖れぬ山上の雲雀たちは強《あなが》ちに蒼天高くまい昇らずとも親しいその巣に籠りながら心ゆくばかり各自の歌をうたうことが出来るのであろう。ぼんやりとこの景色に見恍《みと》れていた私はそれら夥しい雲雀のなかに混って聞えて来る例の声、郭公の声を聞いた。首を垂れて聞いているとそれはこの広い野の端の方から起って来る。煙り渡った薄雲は静かに原一面の上に垂れて、雲に射し原に照る日の光も恰《あたか》も煙の様である。とびとびに立つ裸山、その嶺の険しい岩、それらの山に囲まれた大きな窪みをなすこの寂しい原、この原のいずこにひそんで彼の鳥は啼くか。聴き入ればその声すらも、今はまた煙のごとくに原のおちこちを迷うているのである。

原の中央を貫いて私の歩む路は真直ぐに続いて居る。ぼんやりと一里近くも歩いて行くと、やがて白々しい光を帯びて榛名富士の根がたに低く湖が見えて来た。落ちついた心に静かに湖の汀を囲んで茂って居る木立を眺めていると、或る一個所に一軒若《も》しくは二軒の人家がほの白く建っているのを見出した。それはまさしく今夜ゆっくりとこの疲れた身体を眠らすべき旅宿湖畔亭であらねばならぬ。

# 水郷めぐり

約束した様なせぬ様な六月二十五日に、細野君が誘いにやって来た。同君は千葉県の人、いつか一緒に香取《かとり》鹿島《かしま》から霞ヶ浦あたりの水郷を廻ろうという事になっていたのである。その日私は自分の出している雑誌の七月号を遅れて編集していた。何とも忙しい時ではあったが、それだけにどこかへ出かけたい欲望も盛んに燃えていたので思い切って出懸くる事にした。でその夜徹夜してやりかけの為事《しごと》を片付け、翌日立つ事に約束した。一度宿屋へ引返した細野君はかっきり翌二十六日の午前九時に訪ねて来た。が、まだ為事が終っていなかった。更に午後二時までの猶予を乞い大速力で事を済ませ、三時過ぎ上野着、四時十八分発の汽車で同駅を立った。

三河島を過ぎ、荒川を渡る頃から漸く落ち着いた、東京を離れて行く気持になった。低く浮んだ雲の蔭に強い日光を孕んでおる梅雨《つゆ》晴の平原の風景は睡眠不足の眼に過ぎる程の眩しい光と影とを帯びて両側の車窓に眺められた。散り散りに並んだ真青な榛《はん》の木、植えつけられた稚い稲田、夏の初めの野菜畠、そして折々汽車の停る小さな停車場には蛙の鳴く音《ね》など聞えていた。

手賀沼《てがぬま》が、雑木林の間に見えて来た。印旛沼《いんばぬま》には雲を洩れた夕日が輝いていた。成田駅で汽車は三四十分停車するというのでその間に俥で不動様に参詣して来た。ここも私には初めてである。何だか安っぽい玩具の様な所だと思いながらまた汽車に乗る。漸く四辺《あたり》は夜に入りかけて、あの靄《もや》の這っているあたりが長沼ですと細野君の指さす方には、その薄い靄のかげにあちこちと誘蛾灯が点っていた。終点の佐原駅に着いた時は、昨夜の徹夜で私はぐっすりと眠っていた。揺り起されて闇深い中を俥で走った。俥はやがて川か堀かの静かな流れに沿うた。流れには幾つかの船が泊っていて小さなその艫《とも》の室には船玉様に供えた灯がかすかに見えていた。その流れと利根川と合した端の宿屋川岸屋というに上る。二階の欄干に凭《よ》ると闇ながらその前に打ち開けた大きな沼沢が見渡されそうに水蒸気を含んだ風がふいて、行々子《よしきり》がそこここで鳴いている。夜も鳴くということを初めて知った。風呂から出て一杯飲み始めると水に棲むらしい夏虫が断間なく灯に寄って来た。

六月二十七日、近頃になく頭軽く眼が覚めた。朝飯を急いで直に仍《そこ》から一里余の香取神社へ俥を走らせた。降ろう降ろうとしながらまだ雨は落ちて来なかった。佐原町を出外れると瑞々しい稲田の中の平坦な道路を俥は走る。稲田を囲んで細長い様な幾つかの丘陵が続き、その中にとりわけて樹木の深く茂った丘の上に無数の鷺《さぎ》が翔《かけ》っていた。そこが香取の森であると背後から細野君が呼ぶ。

参拝を済ませて社殿の背後の茶店に休んでいると鷺の声が頻りに落ちて来る。枝から枝に渡るらしい羽音や枝葉の音も聞える。茶店の窓からは殆んど真下に利根の大きな流れが見えた。その川岸の小さな宿場を津の宮といい、香取明神の一の鳥居はその水辺に立っているのだそうだ。実は今朝佐原で舟を雇ってこの津の宮まで廻らせて置き、我らは香取からそこへ出て与田浦浪逆《なさか》浦を漕いで鹿島まで渡る積りで舟を探したのだが、生憎一艘もいなかったのであった。今更残念に思いながら佐原に帰り、町を見物して諏訪神社に詣でた。そこも同じく丘の上になっていて麓に伊能忠敬の新しい銅像があった。

川岸屋に帰ると弁当の用意が出来ていて、時間も丁度よかった。宿のツイ前から小舟に乗って汽船へ移る。宿の女中が悠々として棹さすのである。午前十一時、小さな汽船は折柄《おりがら》降り出した細かな雨の中を走り出した。大きな利根の両岸には真青な堤が相並んで遠く連り、その水に接する所には両側とも葭《よし》だか真菰《まこも》だか深く浅く茂っている。堤の向側はすべて平かな田畑らしく、堤越しに雨に煙りながら聳えている白楊樹《ポプラ》の姿が、いかにも平かな遥かな景色をなしている。それを遠景として船室の窓からは僅かに濁った水とそれにそよぐ葭と両岸の堤とそれらを煙らせておる微雨とのみがひっそりと眺めらるる。それを双方の窓に眺めながら用意の弁当と酒とを開く。あやめさくとはしおらしやというその花は極めて稀にしか見えないが堤の青草の蔭には薊《あざみ》の花がいっぱいだ。

午後二時過ぎに豊津着、そこに鹿島明神の一の鳥居が立って居る。神社まで一里、雨の中を俥で参る。鹿島の社はどこか奈良の春日に似て居る。背景をなす森林の深いためであろう。かなりの老木が随分の広さで茂って居る。その森蔭の御《み》手洗《たらし》の池は誠に清らかであった。香取にもあったがここにもかなめ石というのがある。幾ら掘ってもこの石の根が尽きないと言い囃《はや》されて居るのだそうな。岩石に乏しい沼沢地方の人の心を語って居るものであろう。ここの社も丘の上にある。この平かな国にあって大きな河や沼やを距てた丘と丘との対《むか》い合って、こうした神社の祀《まつ》られてあるという事が何となく私に遥かな寂しい思いをそそる。お互いに水辺に立てられた一の鳥居の向い合って居るのも何か故のある事であろう。

豊津に帰った頃雨も滋《しげ》く風も加わった。鳥居の下から舟を雇って潮来《いたこ》へ向う、苫《とま》をかけて帆をあげた舟は快い速度で広い浦、狭い河を走ってゆくのだ。ずっと狭い所になるとさっさっと真菰の中を押分けて進むのである。真みどりなのは真菰、やや黒味を帯びたのは蒲《がま》だそうである。行々子《よしきり》の声がそこからもここからも湧く。船頭の茂作爺は酒好きで話好きである。潮来の今昔を説いて頻りに今の衰微を嘆く。

川から堀らしい所へ入っていよいよ真菰の茂みの深くなった頃、ある石垣の蔭に舟は停まった。茂作爺の呼ぶ声につれて若い女が傘を持って迎えに来た。そこはM――屋という引手茶屋であった。二階からはそれこそ眼の届く限り青みを帯びた水と草との連りで、その上をほのかに暮近い雨が閉している。薄い靄の漂っておる遠方に一つの丘が見ゆる。某所が今朝詣でて来た香取の宮であるそうな。

何ともいえぬ静かな心地になって酒をふくむ。軽らかに飛び交しておる燕にまじっておりおり低く黒い鳥が飛ぶ。行々子であるらしい。庭さきの堀をば丁度田植過の田に用いるらしい水車を積んだ小舟が幾つも通る。我らの部屋の三味の音に暫く棹を留めて行くのもある。どっさりと何か青草を積込んで行くのもある。

それらも見えず、全く闇になった頃名物のあやめ踊りが始まった。十人ばかりの女が真赤な揃いの着物を着て踊るのであるが、これはまたその名にそぐわぬ勇敢無双の踊りであった。一緒になって踊り狂うた茂作爺は、それでも独り舟に寝に行った。

翌朝、雨いよいよ降る。

## Ⅱ　水のまぼろし　渓のおもかげ

つくづく寂しく、苦しく、厭わしく思う時がある。

何の因果でこんなところまでてくてく出懸けて来たのだろう、とわれながら恨めしく思わるる時がある。

それでいてやはり旅は忘れられない。やめられない。これも一つの病気かも知れない。

（「草鞋の話　旅の話」より）

# 渓をおもう

疲れはてしこころのそこに時ありてさやかにうかぶ渓のおもかげ
いづくとはさやかにわかねわがこころさびしきときし渓川の見ゆ
独りいてみまほしきものは山かげの巌が根ゆける細渓の水
巌が根につくばひをりて聴かまほしおのづからなるその渓の音

二三年前の、やはり夏の真中であったかとおもう。私はこういう歌を詠んでいたのを思い出す。その頃より一層こころの疲れを覚えている昨今、渓はいよいよなつかしいものとなって居る。ぼんやりと机に凭《よ》っておる時、傍見をするのもいやで汗を拭き拭き街中を歩いて居る時、まぼろしのように私は山深い奥に流れておるちいさい渓のすがたを瞳の底に、心の底に描き出して何ともいえぬ苦痛を覚ゆるのが一つの癖となって居る。

蒼空を限るような山と山との大きな傾斜が――それをおもい起すことすら既に私には一つの寂寥である――相迫って、そこに深い木立を為す、木立の蔭にわずかに巌があらわれて、苔のあるような、無いようなそのかげをかすかに音を立てながら流れておる水、ちいさな流、それをおもい出すごとに私は自分の心も共に痛々しく鳴り出ずるを感ぜざるを得ないのである。

渓のことを書こうとして心を澄ませておると、さまざまの記憶がさまざまの背景を負うて浮んで来る。福島駅を離れた汽車が岩代《いわしろ》から羽前へ越えようとして大きな峠へかかる。板谷峠といったかとおもう。汽関車のうめきが次第に烈しくなって、前部の車室と後部の車室との乗客が殆んど正面に向き合うくらい曲り曲って汽車の進む頃、深く切れ込んだ峡間《はざま》の底に、車窓の左手に、白々として一つの渓が流れて居るのをみる。汽車は既によほどの高処を走って居るらしくその白い瀬は草木の茂った山腹を越えて遥かに下に瞰下《みおろ》されるのである。私のそこを通った時斜めに白い脚をひいて驟雨がその峡にかかっていた。

汽車から見た渓が次ぎ次ぎと思い出さるる。越後から信濃へ越えようとする時にみた渓、その日は雨近い風が山腹を吹き靡《なび》けて、深い茂みの葛の葉が乱れに乱れていた。肥後から大隅の国境へかかろうとする時、その時は冬の真中で、枯木立のまばらな傾斜の蔭に氷ったように流れていた。大きな岩のみ多い渓であったとおもう。

**おしなべて汽車のうちさへしめやかになりゆくものか渓見えそめぬ**
**たけながく引きてしらじら降る雨の峡《かひ》の片山に汽車はかかれり**
**いづかたへ流るる瀬々かしらじらと見ゆるてとほき峡の細渓**

秋の、よく晴れた日であった。好ましくない用事を抱えて私は朝早くから街の方へ出て行った。幸いに訪ぬる先の主人が留守であった。ほっかりした気になったその帰り路、池袋停車場へ廻ってそこから出る武蔵野線の汽車に乗ってしまった。広々した野原へ出て、おもうさまその日の日光を身に浴びたかったからである。一度途中の駅へおりたのであったが、そこらの野原を少し歩いているうちに野末に近くみえておる低い山の姿をみると是非その麓まで行きたくなり、次の汽車を待ってその線路の終点駅飯能《はんのう》まで行った。着いた時はもう日暮で、引き返すとすると非常に惶《あわただ》しい気持でその日の終列車に乗らねばならなかった。それに何という事なく疲れてもいたので、余り気持のよくない乾き切ったような宿場町のそこにとうとう泊ってしまった。運悪くその宿屋に繭買ともみゆる下等な商人共が泊り合せていて折角いい気持で出かけて来た静かな心をさんざんに荒らされてしまった。不愉快な気持で翌朝早く起きて飯の前を散歩に出た。漸く人の起き出た町をそのはずれまで歩いて行って私は思いもかけぬ清らかな渓流を見出した。飯能《はんのう》といえば野原のはての、低い丘の蔭にある宿場だとのみ考えていたので、そこにそうした見事な渓が流れていようなどとは夢にも思わなかったのである。少なからず驚いた私はあわてながらその渓に沿うて少しばかり歩いて行った。真白な砂、洗われた巌、その間を澄み徹った水が浅く深く流れている。昨夜来の不快をも悉く忘れ果て、急いで宿屋へ帰って朝飯をしまうなり私はまたすぐ引き返して、すっかり落ちついた心になり、その渓に沿いながら山際の路を上って行った。渓をはさんだ山には黄葉《もみじ》も深く、諸所に植え込んだ大きな杉の林もあった。細長い筏を流す人たちにも出会った。ゆるゆると歩いてその日は原市場で泊り、翌日は名栗まで、その翌日長い峠にかかると共にその渓はいよいよ細く、終《つい》には路とも別れてしまった。そして落葉の深い峠を越すとそこにはまた新たな渓が流れ出していた。

朝山の日を負ひたれば渓の音冴えこもりつつ霧たちわたる
石越ゆる水のまろみをながめつつこころかなしも秋の渓間に
うらら日のひなたの岩にかたよりて流るる淵に魚あそぶみゆ
早渓の出水のあとの瀬のそこの岩あをじろみ秋晴れにけり
鶺鴒《いしたたき》来てもこそをれ秋の日の木洩日ぅつる岩かげの淵に
おどろおどろとどろく音のなかにゐて真むかひにみる岩かげの瀧

浅瀬《あぜ》石川《いしがわ》というのは津軽の平野を越えて日本海の十三潟に注ぐ岩木川の上流の一つである。そこきりで鱒《ます》の上るのが止るという荒い瀬のつづく辺に板留という小さな温泉場がある。温泉は川の右岸に当る断崖の中腹に二個所とその根がたの川原に接した所に一個所と、一二丁ずつの間隔を置いて湧いて居る。私の好んで入ったのはその断崖の根の温泉で、入口には蓆《むしろ》が垂らしてあるばかり、板の壁はあらかた破れて湯に入りながら渓の瀬がみえていた。或る日の午後ぼんやりと独りで浸っていると次第に湯がぬるんで来た。気がつくと板壁の根の方から渓の水がひそかに流れ込んで来ているのである。四月の二十日前後であったが、その日あたりから急に雪が解け始めたらしく、渓の水の濁って来るのは解っていたがこう急に増そうとは思わなかった。呆気《あつけ》にとられて裸体のまま小屋の外に出てみると、赤黒く濁った水がほんの僅かの間に全く川原を浸して流れて居る。丁度そこの対岸の木立のなかに――そのあたりにも水が流れ及んでいた――網を提げた男が一人、あちこちと歩いている。雪解を待って鱒は上って来るという事を聞いていたが、彼はいまそれを狙《ねら》っているのらしい。やがて、また一人あらわれた。

雪が解けそめたとはいえ、四辺《あたり》の山は勿論ツイその川岸からまだ真白に積み渡しておるのである。その雪と、濁った激しい渓と、珍しく青めいたその日の日光とのなかに黙々として動いているこの鱒とりの人たちがいかにも寂しいものに私の眼には映った。遥かな渓を思うごとに私の心にはいつもそれら寂しい人たちの影が浮んで来る。

雪解水《ゆきげみづ》岸にあふれてすゞ霞む浅瀬《あぜ》石川《いしがは》の鱒とりの群

むら山の峡より見ゆるしらゆきの岩木が峰に霞たなびく

相模三浦半島のさびしい漁村に二年ほど移り住んでいた事があった。小さな半島に相応した丘陵の間々に小さな渓が流れておる。一哩も流れて来れば直ぐ汐のさしひきする川口となるというような渓だ。それでも私はその渓と親しむことを喜んだ。川に棲むとも海に棲むともつかぬような小さな魚を釣る事も出来た。

わがこころ寂しき時しいつはなく出でて見に来るうづみ葉の渓
わが行けば落葉鳴り立ち細渓を見むといそげるこころ騒ぐも
渓ぞひに独り歩きて黄葉《もみぢ》見つうす暗き家にまたも帰るか
冬晴の芝山を越えそのかげに魚釣ると来れば落葉散り堰《せ》けり
芝山のあひのほそ渓ほそほそとおち葉つもりて釣るよしもなき
こころ斯く静まりかねつなにしかも冬渓の魚をよう釣るものぞ

みなかみへ、みなかみへと急ぐこころ、われとわが寂しさを噛みしむるような心に引かれて私はあの利根川のずっと上流、わずか一足で飛び渡る事の出来る様に細まった所まで分け上ったことがある。

狭い両岸にはもうほの白く雪が来ていた。断崖の蔭の落葉を敷いて、ちょろちょろ、ちょろちょろと流れてゆくその水の様になめらかな水を見、斑らな新しい雪を眺めた時、何とも言えぬこころに私は身じろぎすら出来なかった事を覚えておる。いま思い出しても神の前にひざまずく様な、ありがたい尊い心になる。水のまぼろし、渓のおもかげ、それは実に私の心が正しくある時、静かに澄んだ時、必ずの様に心の底にあらわれて私に孤独と寂寥のよろこびを与えてくれる。

渓の事はまだ沢山書きたい。別しても自分の生れた家のすぐ前を流れている故郷の渓の事など。更にまたこれからわけ入って見たいと思うそここの河の上流のことなど。

# 或る旅と絵葉書

この一篇は大正十年秋中旬、信州から飛驒に越え、更に神通川に沿うて越中に出た時の追懐を、そのさきざきで求めて来た絵葉書を取出して眺めながら書きつづったもので、前に掲げた「白骨温泉」「通蔓草の実」「山路」の諸篇に続くものである。

## 上高地温泉

上高地の温泉宿はこの時候はずれの客を不思議そうな顔をして迎えた。そして通された二階にはすっかり雨戸が引いてあった。一つの部屋の前だけがらがらとそれが繰りあけらるるとまだ相当に高い西日が明るく部屋にさし込んで来た。その日ざしの届く畳の上できゃはんを解いていると、あたりのほこりのにおいが感ぜられた。

やれやれと手足を伸ばしてうち浸った温泉は無色無臭、まったく清水の様に澄んでいた。そしてこの宿に入った時玄関口に積まれてあった何やらの木の実がこの湯槽《ゆぶね》の側までも一杯に乾しひろげてあった。よく見ると落葉松《からまつ》の松毬《まつかさ》であった。この松毬をよくはたいて中の粒をとり、種子として売るのだそうで、一升四円からする由をあとで聞いた。湯から出てそこらを窺《のぞ》いてみると座敷から廊下からすべてこの代赭色《たいしゃいろ》の鮮かな木の実で充満しているのであった。一年にとり入れるその種子が何斗とか何石とかに及ぶそうで、金にして幾ら幾らになると、白骨温泉から私の連れて来た老案内者は頻《しき》りに胸算用を試みながらその多額に上るのに驚いていた。

長湯をして出てもまだ西日が残っていた。下駄を借りて宿の前に出て見ると、ツイそこに梓川《あずさがわ》が流れていた。どうしてこの山の高みにこれだけの水量があるだろうと不思議に思わるる豊かな水が寒々と澄んで流れている。川床の真白な砂をあらわに見せて、おおらかな瀬をなしながら音をも立てずに流れているのであった。私は身に沁みて来る寒さをこらえて歩むともなく川上へ歩いて行った。

川に沿うた径の左手はすぐ森になっていた。荒れ古びた黒木の森で、樅栂《もみとが》の類に白樺などもまじり七八町がほども沢の様な平地で続いてやがて茂ったままの山となっている。川の向う岸は切りそいだ様な岩山で、岩の襞《ひだ》には散り残りの紅葉が燃えていた。そして川上の開けた空には真正面に穂高ヶ岳が聳《そび》えているのであった。

天を限って聳え立ったこの高いゆたかな岩山には恰《あたか》もまともに夕日がさして灰白色の山全体がさながら氷の山の様な静けさを含んで見えているのであった。今日半日仰いで来たこの山は近づけば近づくだけ、いよいよ大きく、いよいよ寂しくのみ眺められ、立ちどまって凝乎《じっ》と仰いでいるといつか自分自身も凍ってゆく様な心地になって来るのであった。

そぞろに身慄いを覚えて踵をかえすと、そこには焼岳が聳えていた。背後に傾いた夕日に照らし出されて真黒に浮き出た山の頂上にはそれこそ雲の様に噴煙が乱れて昇っていた。

右を見、左を見、この川端の一本道を行きつ帰りつしているうちに私はいつか異様な興奮を覚えていた。これほど大きく美しく、そして静かな寂しい眺めにまたと再び出会うことがあるであろうか、これはいっそ飛騨に越す予定を捨ててここに四五日を過ごして行こう、そのためどれだけ自分の霊魂が浄められることであろう、という様なことを一途《いちず》になって考え始めていたのであった。

**いはけなく涙ぞくだるあめつちの斷るながめにめぐりあひつつ**
**またや来むけふこの儘《まま》にゐてやゆかむわれの命の頼みがたきに**
**まことわれ永くぞ生きむ天地《あめつち》のかかるながめをながく見むため**

その夜は凍った様な月の夜であった。数えて見ると九月十五夜の満月であった。

## 焼岳の頂上

焼岳の頂上に立ったのはその翌日の正午近かった。普通日本アルプスの登山期は七月中旬から八月中旬の間に限られてあるのに私がその中の焼岳を越えようとしたのは十月十六日であったため案内者という案内者が求められず、僅かに十年前そこに硫黄取りに登っていたというだけの白骨温泉の作男の七十爺を強いて口説いて案内させたので、忽《たちま》ち路に迷ってしまった。そして大正三年（註、四年の誤り）大噴火の際に出来た長さ十数町深さ二三十間の大亀裂の中に迷い込んだのであった。初めは何の気なしにその中を登っていたが、やがてそれが迷路だと知った時にはもう降りるに降りられぬ嶮しい所へ来ていた。そしてまごまごしていれば両側二三十間の高さから霜解のために落ちて来る岩石に打ち砕かるる虞《おそ》れがあるので、已《や》むなく異常な決心をしてその亀裂の中を匍《は》い登ったのであった。

あとで考えると全く不思議なほどの能力でその一方の焼石の懸崖から匍い出した時は、両人ともただ顔を見合わせるだけで、ろくに口が利けなかった。そして兎にも角にもその山の頂上、濛々と煙を噴いている処に登って来たのであった。

悲しいまでに空は晴れていた。

真向いに聳え立った槍や穂高の諸山を初め、この真下の窪みはもう飛騨の国で、こちらが信州路、あれが木曾山脈でそのなお左寄りが甲州路の山、加賀の方の山も見える筈だと身体を廻しながら老案内者の指し示す国から国、山から山の間には霞ともつかぬ秋の霞がかすかに靡《なび》いて、真上の空は全く悲しいまでに冴えていた。

黙然《もくねん》と立ってそれらの山河を眺め廻しているうちに、私は思わず驚きの声を挙げた。木曾路信州路と教えられた方角に低くたなびいた霞のうえに、これはまた独り静かに富士の高嶺が浮き出て見えているのであった。

群山の峰のとがりの真さびしくつらなれるはてに富士のみね見ゆ
登り来て此処ゆ望めば汝《なれ》が住むひむがしのかたに富士のみね見ゆ（妻へ）

この火山は阿蘇や浅間の様な大きな噴火口を持っていなかった。そこら一面の岩の裂目や石の下から沸々と白い煙を噴き出しているのであった。

岩山の岩の荒肌ふき割りて噴き昇る煙とよみたるかも
わが立てる足許広き岩原の石の蔭より煙湧くなり

平湯温泉

噴火の煙の蔭を立去ると我らはひた下りに二三里に亙る原始林の中の嶮しい路を馳せ下った。殆ど麓に近い所に十戸足らずの中尾という部落があった。そして家ごとに稗《ひえ》を蒸していた。男とも女とも見わかぬ風俗をした人たちがせっせと静かに火を焚いている姿が何とも可懐《なつか》しいものに私には眺められた。この辺にはこの稗の外は何も出来ないのだそうである。

一刻も速くそこに着いて命拾いの酒を酌み、足踏み延ばして眠ろうと楽しんで来た蒲田温泉は昨年とか一昨年とかの洪水に一軒残らず流れ去っているのであった。そしてその荒れすさんだ広い川原にはとびとびに人が動いて無数の材木を流していた。その巨大な材木が揃いも揃って一間程の長さに打ち切ってあるので訳を訊いてみると川下の船津町というに在る某鉱山まで流され、そこで石炭代りの燃料とせらるるのだそうである。

止むなくそこから二里ほど歩いた所に在るという福地温泉というまで来て見ると、ここもまた完全に流されていた。そうなると一種自暴自棄的の勇気が出て、そこから左折して更に二里あまりの奥に在るという平湯《ひらゆ》温泉まで行くことにきめた。実は今日焼岳に登らなかったならば上高地から他の平易な路をとってその平湯へゆく筈であったのである。福地からの路は今迄の下りと違って片登りの軽い傾斜となっていた。月がくっきりと我らの影をその霜の上に落していた。

焼岳と乗鞍岳との中間に在る様なその山あいの湯は意外にもこんでいた。案内者の昔馴染だという一軒の湯宿に入ってゆくと、普通の部屋は全部他の客人でふさがっていた。止むなく屋根裏の様な不思議な部屋に通されたが、もうしかし他の家に好い部屋を探すなどという元気はなかったのである。

やがてその怪しき部屋で我ら二人の「命びろい」の祝いの酒が始まった。まったく焼岳の亀裂の谷では二人とも命の危険を感じたのであった。這いかけた岩の腹から辷《すべ》り落ちるか、若《も》しくは崖の上から落ちて来る石に打たるるか、どちらかの運命が我らのいずれにか、あるいは双方ともにか、落ちて来るに相違ないと思われたのであった。その時の名残に荒れ傷ついた両手の指や爪をお互いに眺め合いながら一つ二つと重ねてゆく酒の味《あじわ》いは真実涙にまさる思いがするのであった。

路に迷ったのはとにかくとして蒲田や福地温泉の現状すら知らずにいたこの老爺はあるいはもう老耄し果てているのではあるまいかと心中ひそかに不審と憤りとを覚えていたのであったが、その皺だらけの顔に真実命びろいの喜びを表わして埒もなく飲み埒もなく食い、埒もなく笑いころげている姿を見ていると、わけもなく私はこの老爺がいじらしくなった。そしてあとからあとからと酒を強いた。彼の酒好きなことをば昨夜上高地でよく見ておいたのであった。

そのうち彼は手を叩いてその故郷飛驒の古川地方に唄わるるという唄をうたい

出した。元来が並外れた大男ではあるが、眼の前で頻りに打ち鳴らしている彼の掌は正しく団扇位の大きさに私には見えたのであった。

オンダモダイタモエンブチハウノモオマヘノコヂヤモノ、キナガニサッシヤイ、イカニモシヨツシヨ。

ヒダノナマリハオバエナ、マタクルワイナ、ソレカラナンヂヤナ、ムテンクテンニオリヤコワイ、ウソカイナ、ウソヂヤアロ、サリトハウタテイナ。

こうしたものを幾つとなく繰返して唄った末、我を忘れて踊り出そうとしてはその禿げた頭をしたたかに天井に打ちつけて私を泣きつ笑いつさせたのであった。

## としよりの喜ぶ顔はありがたし残りすくなきいのちを持ちて

余りに疲れ過ぎたせいかその夜私はなかなかに眠れなかった。真夜中に独り湯殿に降りてゆくと、破れた様な壁や窓から月が射し込んでいた。平湯温泉には一箇所共同湯があるのみであるが、僅かにその宿だけが持っているというその内湯の小さな湯殿の三方は田圃となっていた。そして霜の深げな稲の上に照り渡っている月光は寧ろ恐ろしいほどに澄んでいた。

## 飛驒高山町

翌朝、老案内者は別れて安房峠《あぼうとうげ》というを越えて信州路白骨温泉へ帰って行った。私は平湯峠を越えて高山町まで出るつもりであったが、流石に昨日の疲労で足が利かず、途中の寂しい村に泊ってその次の日の夕方高山町に着いた。

高山では某という旅館が一等いいという話を聞いていたので、とぼとぼとその門口へ辿り着いて一泊を頼んだ。ところが莫蓙《ござ》を背負い杖をつき、一月余りも床屋に行かなかった私の風態からも、一も二もなく断られてしまった。しかし、もう私はそこから動くのが苦しかった。でもう一度押し返して頼んでいると内儀が笑いながら帳場から出て来て、どんな部屋でもよろしくば、ということで階子段《はしご》上の長四畳に通された。それでも嬉しく、風呂から上って夕飯の膳に向いながら一杯飲み始めていると、階子段の下で珍しい音の鳴り響くのを聞いた。電話の鈴が鳴っているのである。オヤオヤ高山に電話があるのか、とまず思った。これは強《あなが》ち高山町をそう見たわけではなかった。私は二十日余り、郵便局まで八里もあるほどの白骨温泉に身を養っていて、二三日前から急に無理な歩行を続けて来たので、全く世離れのした、茫乎《ぼうっ》とした気持になっていた。そこへ不意にその珍しい音が鳴り響いたのでひどく不思議に聞えたのであった。それを聞きながら私はふと或る事を思い浮べた。そして急いで女中に電話帳を持って来させた。

幸いにその中に福田という姓を見出したので、この福田という家にこういう人がいはせぬかと女中に訊くと、おいでになります若旦那様ですという。それを聞くと私は躍り上って喜んだ。そして大急ぎで女中に電話口までその福田夕咲君を呼び出して貰った。

「君は福田夕咲君か、僕だ僕だ、解るかね僕の声が！」

解りようはなかった。私が高山町に来て福田君の事を思い出すのはそう不自然でなかったが、こうして電話口で私の声を聞こうとは彼にとっては全く思いもかけぬ事であったのだ。

彼と私とは早稲田の学校で同級であった。そして同じ詩歌友達で、飲仲間であったのだ。そして聞くともなく彼の郷里が飛騨の高山で、その父か兄かがその町長をしているという様な事をも耳にしていた。それを偶然その高山町に来て思い出したのであった。

彼もちょうど夕飯を喰いかけていたのだそうだが箸を捨てて飛んで来た。話し合って見ると八年振の邂逅であった。その間彼はずっとこの郷里に引込んで居り、筆無精のお互いの間には手紙のやりとりも断えていたのであった。

何しに、どうして来たのかと彼は問うた。実は私のここに来たのはひどい気紛れからで、胃腸病には日本一だというその山奥の白骨温泉に一箇月間滞在の予定で遥々駿河の沼津からやって来て居り、その帰りを長野市に廻ってそこで我らの社中の短歌会を開く事になっていた。その歌会までにあと六日七日というところまで来ると、じいっとその寂しい湯の中に浸っているのがいやになった。そして順路を長野市まで出るより、四五日をかけて飛騨から越中を廻ってそこへ出る方が面白そうだと急に白骨を立ってこんな所まで来たのであった。

で、頻りに滞在を勧める彼の言葉をも日数の上からどうしても断らねばならなかった。そして明日早朝出立だと言い張っていると、彼は不意に怒った様に立ち上った。そしていま取り寄せたばかりの膳を突きやって、それではこうして宿屋の酒など飲んでいられない、さア、速く立ち給えという。

それからが大変であった。ここの家は高山一の老舗で、娘は歌も詠むし詩も作るといって一軒の料理屋に連れて行かれた。やがてすると、高山一の庭のいい家を見せようといって、その歌を詠む娘や芸者たちを引率したままま他の料理屋へ行った。「あそこはオツなものを食わせるネ」とまた他へ移った。よくよく時間が切れて流石《さすが》馴染《なじみ》の料理屋でも困り切る様になるとそれでは夜通し飲める所へ行こうと大勢して或る明るい一廓へ出かけて行った。かくしてとろりともせず飲んでるうちにいつか東が白んで来た。サテ引上げようとその明るい街から出ようとすると、丁度その出口に古びはてた三重の塔が寂然《じゃくねん》として立っていた。例の飛騨のたくみの建てたものであるという。

## 飛騨古川町

高山一泊は終《つい》に二泊になり、次の日には郊外の高台に在る寺で歌会が開かれた。そして三日目の朝また茣蓙を着、杖をついてその古びて静かな町を離れる事になった。

福田君は急に忙しい事が出来たという事で、自動車の出る所で別れ、その代りに昨日の歌会に出席した中の同君の友人某々両君が高山の次の町、四里を離れた古川町まで送ってくれる事になった。古川町といえば二三日前に平湯で別れた老爺の故郷である。高山よりももっと古びた平かな町であった。そぞろになつかしい思いで自動車から降りて眺め廻していると、ちょっと草鞋酒をやりましょうと、とある家に案内せられた。草鞋を履いてからの別れの酒の意味だそうだ。

正直にそのつもりでいると、終《つい》に草鞋をぬがされた。そして一二杯と重ぬるうち、いつかしらこの二三日来の身体に酔の廻るが速く、うとうととなっている所へ、なんの事だ、いま別れて来たばかりの福田君がひょっこりと立ち表われた。長距離電話で呼び出されて、自動車で駆けつけて来たのだそうだ。そうなるといよいよ私も腰を据えて杯を取らざるを得なくなった。

折から雨が降り出した。この雨では屹度《きっと》鮎の落つるのが多かろうと、急に夕方かけてそこから二里の余もある野口の簗《やな》というへ自動車を走らす事になった。

簗は山と山の相迫った深い峡谷に在った。雨は次第に強く、櫟《くぬぎ》の枝や葉で葺《ふ》いた小屋からは頻りにそれが漏り始めたが、しかし、どんどと燃える榾火《ほたび》の側に運ばるる鮎の数もそれにつれて多くなった。連れて来た二三人の中に今日初めて披《ひ》露目《ろめ》をしたという女がいた。今迄一切黙って引込んでいたのが、その雨漏に濡れながら急に唄い出した声の意外にも澄んで清らかであったも一興であった。

時雨降る野口の簗《やな》の小屋に籠り落ち来る鮎を待てばさびしき
たそがれの小暗き闇に時雨降り簗にしらじら落つる鮎おほし
簗《やな》の簀《す》の古りてあやふしわがあたり鮎しらじらととび跳りつつ
かき撓《たわ》み白う光りて流れ落つる浪より飛びて跳ぬる鮎これ
おほきなる鮎落ちたりとおらび寄る時雨降る夜の簗の篝火

翌朝は三人に別れて雨の中を船津町へ向った。途中神原峠というへかかると雨いよいよ烈しく、洋傘などさしていてもいなくても同じようなので、私は古川町で買って来た一位笠《いちいがさ》（土地の名物一位の木にて造る）を冠ったまま、ぐっしょりと濡れて急いだ。

# 木枯紀行

——ひと年にひとたび逢はむ斯く言ひて別れきさなり今ぞ逢ひぬる

十月二十八日。

御殿場より馬車、乗客はわたし一人、非常に寒かった。馬車の中ばかりでなく、枯れかけたあたりの野も林も、頂きは雲にかくれそこばかりがあらわに見えて居る富士山麓一帯もすべてが陰鬱で、荒々しくて、見るからに寒かった。

須走《すばしり》の立場で馬車を降りると丁度そこに蕎麦屋があった。これ幸いと立寄り、まず酒を頼み、一本二本と飲むうちにやや身内が温くなった。仕合せと傍への障子に日も射して来た。過ぎるナ、と思いながら三本目の徳利をあけ、女中に頼んで買って来て貰った着茣蓙《きござ》を羽織り、脚軽く蕎麦屋を立ち出でた。

宿場を出はずれると直ぐ、右に曲り、近道をとって籠坂峠《かごさか》の登りにかかった。

おもいのほかに嶮しかった。酒は発する、息は切れる、幾所《いくところ》でも休んだ。そしていつもの通り旅行に出る前には留守中の手《て》当為《あてし》事《ごと》で睡眠不足が続いていたので、休めば必ず眠くなった。一二度用心したが、終《つい》にある所で、萱か何かを折り敷いたまうとうとと眠ってしまった。

「モシモシ、モシモシ。」

呼び起されて眼を覚すと我知らずはっとせねばならなかった程、気味の悪い人相の男がわたしの前に立っていた。顔に半分以上の火傷《やけど》があり眼も片方は盲いて引吊っていた。

「風邪をお引きになりますよ。」

わたしの驚きをいかにも承知していたげにその男は苦笑して、言いかけた。

わたしはやや恥しく、惶てて立ち上って帽子をとりながら礼を言った。

「登りでしたら御一緒に参りましょう。」

とその若い男は先に立った。

酒を過して眠りこけていた事をわたしは語り、彼は東京の震災でこの大火傷を負うた旨を語りつつ、峠に出た。

吉田で彼と別れた。彼は何か金の事で東京から来て、昨日は伊豆の親類を訪ね、今日はこれより大月の親類に廻って助力を乞うつもりだという様な事を問わず語りに話し出した。いかにも好人物らしく、彼が同意するならば一緒に今夜吉田で泊るも面白かろうなどとわたしは思うた。が、先を急ぐといって、そそくさと電車に乗って彼は行ってしまった。

ほんのちょっとの道づれであったが、別れてみれば淋しかった。それにいつか暮れかけては来たし、風も出、雨も降り出した。そのまま、吉田で泊ろうかと余程考えたが、やはり予定通り河口湖の岸の船津まで行く事にし、両手で洋傘《こうもり》を持ち、前こごみになって、小走りに走りながら薄暗い野原の路を急いだ。

午後七時、湖岸の中屋ホテルというに草鞋をぬいだ。

十月二十九日。

宿屋の二階から見る湖にはこまかい雨が煙っていたが、やや遅い朝食の済む頃にはどうやら晴れた。同宿の郡内屋（土地産の郡内織を売買する男だそうで女中が郡内屋さんと呼んでいた）と共に俄《にわ》かに舟を仕立て、河口湖を渡ることにした。真上に仰がるべき富士は見えなかった。ただ真上に雲の深いだけ湖の岸の紅葉が美しかった。岸に沿うた村の柿の紅葉がことに眼立った。ここらの村は湖に沿うていながら井戸というものがなく、飲料水には年中苦労しているのだそうだ。熔岩地帯であるためだという。

渡りあがった所の小村で郡内屋と別れ、ルックサックの重みを快く肩に背に感じながらわたしはいい気持で歩き出した。直ぐ、西湖に出た。小さいながらに深く湛えているこの湖の縁を歩きつくした所に根場《ねんば》という小さな部落があった。所の祭礼らしく、十軒そこその小村に幟が立てられ、太鼓の音が響いていた。

ふと見ると村に不似合の小綺麗なよろず屋があった。わたしはそこに寄り、酒と缶詰とを買い、なお内儀の顔色をうかがいながらおむすびを握って貰えまいかと所望してみた。お安いことだが、今日は生憎くお赤飯だという。なお結構ですと頼んで、揃ったそれらを風呂敷に包んで提げながら、そこを辞した。今朝、雨や舟やで、宿屋でこれらを用意するひまがなく、また急げば昼までには精進湖《しょうじこ》まで漕ぎつけるつもりで立って来たのであった。しかし、次第に天気の好くなるのを見ていると、これから通りかかる筈の青木が原をそう一気に急いで通り過ぎることは出来まいと思われたので、店のあったを幸いに用意したのであった。

樹海などと呼びなされている森林青木が原の中に入ったのはそれから直ぐであった。成る程好き森であった。上州信州あたりの山奥に見る森木の鬱蒼たる所はないが、明るく、しかも寂びていた。木に大木なく、しかもすべて相当の樹齢を持っているらしかった。これは土地が一帯に火山岩の地面で、土気《つちけ》の少いためだろうと思われた。それでいて岩にも、樹木の幹にも、みな青やかな苔がむしていた。

多くは針葉樹の林であるが、中に雑木も混り、とりどりに紅葉していた。中でも楓が一番美しかった。楓にも種類があり、葉の大きいのになるとわたしの掌をひろげても及ばぬのがあった。小さいのは小さいなりに深い色に染っていた。多くは栂《とが》らしい木の、葉も幹も真黒く見えて茂っているなかにこれらの紅葉は一層鮮かに見えた。

わたしは路をそれて森の中に入り、人目につかぬ様な所を選んで風呂敷包を開いた。空が次第に明るむにつれ、風が強くなった。あたりはひどい落葉の音である。樅《もみ》か栂のこまかい葉が落ち散るのである。雨の様な落葉の音の中に混って頻りに山雀《やまがら》の啼くのが聞える。よほど大きな群らしく、相引いて次第に森を渡ってゆくらしい。と、ツイ鼻先の栂の木に来て樫鳥《かしどり》が啼き出した。これは二羽だ。例の鋭い声でけたたましく啼き交わしている。

長い昼食を終ってわたしはまた森の中の路を歩き出した。誰一人ひとに会わない。歩きつ休みつ、一時間あまりもたった頃、森を出外れた。そしてそこに今までのいずれよりも深く湛えた静かな湖があった。精進湖である。客も無かろうにモーターボートの渡舟が岸に待っていた。快い速さで湖を突っ切り、山の根っこの精進村に着いた。山田屋というに泊る。

十月三十日。

宿屋に瀕死の病人があり、こちらもろくろくえ眠らずに一夜を過した。朝、早く立つ。

坂なりの宿場を通り過ぎるといよいよ嶮しい登りとなった。名だけは女坂峠という。掘割りの様になった凹みの路には堆く落葉が落ち溜ってじとじとに濡れていた。

越え終って渓間に出、渓沿いに少し歩き渓を渡ってまた坂にかかった。左右口《うばぐち》峠《とうげ》という。この坂は路幅も広く南を受けて日ざしもよかったが、九十九折《つづらおり》の長い長い坂であった。退屈しいしい登りついた峠で一休みしようと路の左手寄りの高みの草原に登って行ってわたしは驚喜の声を挙げた。ふと振返ってそこから仰いだ富士山が如何に近く、如何に高く、しかしてまたいかばかり美しくあったことか。

空はむらさきいろに晴れていた。その四方の空を占めて天心近く暢びやかに聳え立っている山嶺を仰ぐにはこちらも身を頭をうち反らせねばならなかった。今日の深い色の空の真中に立つこの山にもまた自ずと深い光が宿っていた。半《なか》ばは純白の雪に輝き、なかばは山肌の黒紫《くろむらさき》が沈んだ色に輝いていた。しかしてその山肌には百千の糸巻の糸をほどいて打ち垂らした様に雪がこまかに尾を引いてしづれ落ちているのであった。

峠を下り、やや労れた脚で笛吹川を渡ろうとすると運よく乗合馬車に出会ってそれで甲府に入った。甲府駅から汽車、小淵沢駅下車、改札口を出ようとすると、これは早や、かねて打合せてあった事ではあるが信州松代在から来た中村柊花君が宿屋の寝衣を着てそこに立っていた。

「やア!」

「やア!」

打ち連れて彼の取っていた宿いと屋というに入った。

親しい友と久し振りに、しかもこうした旅先などで出逢って飲む酒くらいうまいものはあるまい。風呂桶の中からそれを楽しんでいて、サテ相対して盃を取ったのである。飲まぬ先から心は酔うていた。

一杯々々が漸く重なりかけていた所へ思いがけぬ来客があった。この宿に止宿している小学校の先生二人、いま書いて下げた宿帳で我らが事を知り、御高説拝聴と出て来られたのである。

漸くこの二人をも酒の仲間に入れは入れたが要するに座は白けた。先生たちもそれを感じてかほどほどで引上げて行った。が、我ら二人となっても初めの気持に返るにはちょっと間があった。

「あなたはさぼしというものを知ってますか。」と、中村君。

「さア、聞いた事はある様だが……」

「この地方の、まず名物ですかネ、他地方で謂う達磨の事です。」

「ほほウ。」

「行って見ましょうか、なかなか綺麗なのもいますよ。」

かくて二人は宿を出て、怪しき一軒の料理屋の二階に登って行った。そしてさぼしなるものを見た。が、不幸にして中村君の保証しただけの美しいのを拝む事は出来なかった。何かなしに唯がぶがぶと酒をあおった。

二人相縺《もつ》れつつ宿に帰ったのはもう十二時の頃であったか。ぐっすりと眠っている所をわたしは起された。宿の息子と番頭と二人、物々しく手に手に提灯を持ってそこに突っ立っている。何事ぞと訊けば、おつれ様が見えなくなったという。見れば傍の中村君の床は空である。便所ではないかと訊けば、もう充分探したという。サテは先生、先刻の席が諦めきれず、またひそかに出直して行ったと見える。わたしはそう思うたので笑いながらその旨を告げた。が、番頭たちは強硬であった。あなた達の帰られた後、店の大戸には錠をおろした。その錠がそのままになっている所を見ればどうしてもこの家の中に居らるるものとせねばならぬ……。

「実はいま井戸の中をも探したのですが……」

「どうしても解らないとしますと駐在所の方へ届けておかねばならぬのですが……」

吹き出したいながらにわたしも眼が覚めてしまった。

如何なる事を彼は試みつつあるか、一向見当がつきかねた。見廻せば手荷物も洋服もそのままである。

そこへ階下からけたたましい女の叫び声が聞えた。

二人の若者はすわとばかり飛んで行った。わたしも今は帯を締めねばならなかった。そして急いで階下へおりて行った。

宿の内儀を初め四五人の人がそこの廊下に並んで突っ立っている。宵の口の小学教師のむつかしい顔も見えた。自《おのず》からときめく胸を抑えてわたしはそこへ行った。と、またこれはどうしたことぞ、そこは大きなランプ部屋であった。さまざまなランプの吊り下げられた下に、これはまたどうした事ぞ、わが親友は泰然として坐り込んでいたのである。

「どうもこのランプ部屋が先刻からがたがたいう様だものですから、いま来て戸をあけて見ましたらこれなんです、ほんとに妾《わたし》はもうびっくりして……」

内儀はただ息を切らしている。怒るにも笑うにもまだ距離があったのだ。わたしとしても早速には笑えなかった。まず居並ぶそこの人たちに陳謝し、サテ徐ろにこの石油くさき男を引っ立てねばならなかった。

十月三十一日。

早々に小淵沢の宿を立つ。空は重い曇であった。

宿場を出外れて路が広い野原にかかるとわたしの笑いは爆発した。腹の底から、しんからこみあげて来た。

「どうしてあそこに這入る気になった？」

「解らぬ。」

「這入って、眠ったのか。」

「解らぬ。」

「何故《なぜ》戸を閉めていた。」

「解らぬ。」

「何故坐ってた。」

「解らぬ。」

「見付けられてどんな気がした。」

「解らぬ。」

一里行き、二里行き、わたしは始終腹を押えどおしであった。何事も無かった様な、まだ身体のどこやらに石油の余香を捧持《ほうじ》していそうな、丈高いこの友の前に立っても可笑しく、あとになっても可笑しかった。が、笑ってばかりもいられなかった。二晩つづきの睡眠不足はわたしの足を大分鈍らしていた。それに空模様もいよいよ怪しくなって来た。三里も歩いた頃、長沢という古びはてた小さな宿場があった。そこで昼をつかいながら、この宿場にあるという木賃宿に泊る事をわたしは言い出した。が、今度は中村君の勢いが素晴しくよくなった。どうしても予定の通り国境を越え、信州野辺山が原の中に在る板橋の宿《しゅく》まで行こうという。

我らのいま歩いている野原は念場が原というのであった。八ヶ岳の南麓に当る広大な原である。所々に部落があり、開墾地があり、雑草地があり林があった。大小の石ころの間断なくそこらに散らばっている荒々しい野原であった。重い曇りで、富士も見えず、一切の眺望が利かなかった。

止むなく彼の言う所に従って、心残りの長沢の宿《しゅく》を見捨てた。また、先々の打ち合せもあるので予定を狂わす事は不都合ではあったのだ。路はこれからとろとろの登りとなった。この路は昔（今でもであろうが）北信州と甲州とを繋ぐ唯一の道路であったのだ。幅はやや広く、荒るるがままに荒れはてた悪路であった。

とうとう雨がやって来た。細かい、寒い時雨である。二人とも無言、めいめいに洋傘をかついで、前こごみになって急いだ。この友だとて身体の労れていぬ筈はない。大分怪しい足どりを強いて動かしているげに見えた。よく休んだ。ある所では長沢から仕入れて来た四合壜を取り出し、路傍に洋傘をたてかけ、その蔭に坐って啜《すす》り合った。

恐れていた夕闇が野末に見え出した。雨はやんで、深い霧が同じく野末をこめて来た。地図と時計とを見較べ見較べ急ぐのであったが、すべりやすい粘土質の坂路の雨あがりではなかなか思う様に歩けなかった。そのうち、野末から動き出した濃霧はとうとう我らの前後を包んでしまった。

まだ二里近くも歩かねば板橋の宿には着かぬであろう、それまでには人家とても無いであろうと急いでいる鼻先へ、意外にも一点の灯影を見出した。怪しんで霧の中を近づいて見るとまさしく一軒の家であった。ほの赤く灯影に染め出された古障子には飲食店と書いてあった。何の猶予もなくそれを引きあけて中に入った。

入って一杯元気をつけてまた歩き出すつもりであったのだが、赤々と燃えている囲炉裡の火、竈の火を見ていると、何とももう歩く元気は無かった。わたしは折入って一宿の許しを請うた。囲炉裡で何やらの汁を煮ていた亭主らしい四十男は、わけもなく我らの願いを容れてくれた。

我らのほかにもう一人の先客があった。信州海の口へ行くという荷馬車挽きであった。それに亭主を入れて我らと四人、囲炉裡の焚火を囲みながら飲み始めた酒がまた大変なこととなった。

折々誰かが小便に立つとて土間の障子を引きあけると、捩《ね》じ切る様な霧がむくむくとこの一座の上を襲うて来た。

十一月一日。

酒を過した翌朝は必ず早く眼が覚めた。今朝もそれであった。正体なく寝込んでいる友人の顔を見ながら枕許の水を飲んでいると、早や隣室の囲炉裡ではぱちぱちと焚火のはじける音がしている。早速にわたしは起き上った。

まだランプのともった炉端には亭主が一人、火を吹いていた。膝に四つか五つになる娘が抱かれていた。昨夜から眼についていた事であったが、この子の鼻汁は鼻から眼を越えて瞼にまで及んでいた。今朝もそれを見い見い、この子の名は何といいましたかね、と念のため訊いてみた。マリヤといいますよとの答えである。そして、それはこの子の生れる時、何とかいう耶蘇の学者がこの付近に耶蘇の学校を建てるとかいって来て泊っていて、名づけてくれたのだという。

「昨晩はどうも御馳走さまになりました。」

と、やがてそのマリヤの父親はにやにやしながら言った。

「イヤ、お騒がせしました。」

とわたしは頭を掻いた。

そこへ荷馬車挽きも起きて来た。

煙草を二三本吸っているうちに土間の障子がうす蒼く明るんで来た。顔を洗いに戸外《おもて》に出ようとその障子を引きあけて、またわたしは驚いた。丁度真正面に、広々しい野原の末の中空に、富士山が白麗朗と聳えていたのである。昨日はあれをその麓から仰いで来たに、とうろたえて中村君を呼び起したが、返事もなかった。

膳が出たが、わが相棒は起きて来ない。止むなく三人だけで始める。今朝は炬《こ》燵《たつ》を作りその上で一杯始めたのである。霧は既に晴れ、あけ放たれた戸口からは朝日がさし込んで炬燵にまで及んで居る。そしていつの間に出て来たものか、見渡す野原も、その向う下の甲州路も一面の雲の海となってしまった。富士だけがそれを抜いて独りうららかに晴れている。二三日前にツイこの向うの原で鹿が鳴いたとか、三四尺の雪に閉じこめられて五日も十日も他人の顔を見ずに過す事が間々あるとか、丁度ここは甲州と信州との境に当っているので、この家のことを国境というとかいう様な話のうちに、おとなしく朝食は終った。

困ったのはランプ部屋居士である。砂糖湯を持って行き、梅干茶を持って行き、お迎えに一杯冷たいのをぐいっとやって見ろとて持って行くが、持って行ったものを大抵飲み干すが、なかなか御神輿《おみこし》が上らない。「とても歩けそうにない、あのお荷物を頼みますよ。」とわたしが言ったので荷馬車屋もよう立ちかねている。六時から十時まで、そうして過した。「いつまでもこれでは困るだろう、お前さん先に行ってくれ。」

と荷馬車屋を立たせようとしている所へ、蹌踉《そうろう》として起きて来た。ランプ部屋ではまだどこやら勇ましかったが、今朝はあわれ見る影もない。

早速出立、実によく晴れて、霜柱を踏む草鞋の気持はまさしく脳にも響く快さである。昨日はその南麓を巡って来た八ヶ岳の今日は北の裾野を横切っているわけである。からりと晴れたこの山のいただきにもうっすらと雪が来ていた。

「大丈夫か、腰の所を何かで結《ゆわ》えようか。」

「大、丈、夫です。」

と、居士《こじ》は荷馬車の尻の米俵の上に鎮座ましまし、こくりこくりと揺られている。

野原といっても多くは落葉松《からまつ》の林である。見る限りうす黄に染ったこの若木のうち続いている様はすさまじくもあり、また美しくも見えた。方数里に亙ってこれであろう。

漸く歌を作る気にもなった。

日をひと日わが行く野辺のをちこちに冬枯れはてて森ぞ見えたる
落葉松《からまつ》は瘠せてかぼそく白樺は冬枯れてただに真白かりけり

二里あまり歩いてこの野のはずれ、市場というへ来た。ここにも一軒屋の茶店があった。綺麗な娘がいるというので昼食をする事にした。

そこより逆落しの様な急坂を降れば海の口村、路もよくなり、もう中村君も歩いていた。やや歩調を整うて存外に早く松原湖に着き、湖畔の日野屋旅館におちついた。まだ誰も来ていなかった。

程なく布施村より重田行歌、荻原太郎の両君、本牧村より大沢茂樹君、遠く松本市より高橋希人君がやって来た。これだけ揃うとわたしも気が大きくなった。昨日一昨日は全く心細かった。

夕方から凄じい木枯が吹き出した。宿屋の新築の別館の二階に我らは陣取ったのであったが、たびたびその二階の揺れるのを感じた。

宵早く雨戸を締め切って、歌の話、友の噂、生活の事、語り終ればやがて枕を並べて寝た。

遠く来つ友もはるけく出でて来て此処に相逢ひぬ笑みて言《こと》なく
無事なりき我にも事の無かりきと相逢ひて言ふその喜びを
酒のみの我等がいのち露霜の消《け》やすきものを逢はでをられぬ
湖《うみ》べりの宿屋の二階寒けれや見るみづうみの寒きごとくに
隙間洩る木枯の風寒くして酒の匂ひぞ部屋に揺れたつ

十一月二日。

夜っぴての木枯であった。たびたび眼が覚めて側を見ると、皆よく眠っていた。わたしは端で窓の下、それからずらりと五人の床が並んでいるのである。その木枯が今朝までも吹き通していたのである。そして木の葉ばかりを吹きつける雨戸の音でないと思うて聴いていたのであったが、果して細かな雨まで降っていた。

午前中をば膝せり合せて炬燵に噛りついて過した。昼すぎ、風はいよいよひどいが、雨はあがった。他の四君は茸とりにとて出かけ、わたしは今日どうしても松本まで帰らねばならぬという高橋君を送って湖畔を歩いた。ひどい風であり、ひどい落葉である。別れてゆく友のうしろ姿など忽ち落葉の渦に包まれてしまった。

茸は不漁であったらしいが、どこからか彼らは青首の鴨を見付けて来た。山の芋をも提げて来た。善哉《ぜんざい》々々と今宵も早く戸をしめて円陣を作った。宵かけてまた時雨、風もいよいよ烈しい。が、室内には七輪にも火鉢にも火がかっかと熾《おこ》った。

どうした調子のはずみであったか、我も知らずひとにも解らぬが、ふとした事から我らは一斉に笑い出した。甲笑い乙応じ、丙丁戊みな一緒になって笑いくずれたのである。それが僅かの時間でなく、絶えつ続きつ一時間以上も笑い続けたであろう。あまり笑うので女中が見に来て笑いこけ、それを叱りに来た内儀までが廊下に突っ伏して笑いころがるという始末であった。たべた茸の中に笑い茸でも混っていたのか知れない。

十一月三日。

相も変らぬ凄じい木枯である。宿の二階から見ていると湖の岸の森から吹きあげた落葉は凄じい渦を作って忽ちにこの小さな湖を掩い、水面をかしくてしまうのである。それに混って折々樫鳥までが吹き飛ばされて来た。そしてたまたま風が止んだと見ると湖水の面にはいちめんに真新しい黄色の落葉が散らばり浮いているのであった。落葉は楢《なら》が多かった。

今日は歌を作ろうとて皆むつかしい顔をすることになった。

木枯の過ぎぬるあとの湖をまひ渡る鳥は樫鳥かあはれ
声ばかり鋭き鳥の樫鳥ののろのろまひて風に吹かるる
樫鳥の羽根の下羽の濃むらさき風に吹かれて見えたるあはれ
はるけくも昇りたるかな木枯にうづまきのぼる落葉の渦は
ひと言を誰かいふただち可笑しさのたねとなりゆく今宵のまどゐ
木枯の吹くぞと一人たまたまに耳をたつるも可笑しき今宵
笑ひこけて臍《へそ》の痛むと一人いふわれも痛むと泣きつつぞ言ふ
笑ひ泣く鼻のへこみのふくらみの可笑しいかなやとてみな笑ひ泣く

十一月四日。

今日はわたしは皆に別れて独り千曲川の上流へと歩み入るべき日であったが、「わが若草の妻し愛《かな》しも」とばかり言い張っている重田君の宅を布施村に訪うてそのわか草の新妻の君を見る事になった。

やれとろろ汁よ鯉こくよとわが若草の君をいたわり励まし作りあげられた御馳走に面々悉く食傷して昨夜の勢いなくみなおとなしく寝てしもうた。

十一月五日。

総勢岩村田に出で、そこで別れる事になった。ただ大沢君は細君の里なる中込駅までとてわたしと同車した。もうその時は夕暮近かった。

四五日賑かに過したあとの淋しさが、五体から浸み上って来た。中込駅で降りようとする大沢君を口説き落して汽車の終点馬流駅まで同行する事になった。泊った宿屋が幸か不幸か料理屋兼業であった。乃《すなわ》ち内芸者の総上げをやり、相共に繰返してうたえる伊那節の唄

**逢うてうれしや別れのつらさ逢うて別れがなけりやよい**

十一月六日。

どうも先生一人をお立たせするのは気が揉めていけない、もう一日お伴しましょう、と大沢君が憐憫の情を起した。そして共に草鞋を履き、千曲川に沿うて鹿の湯温泉というまで歩いた。

そこで鯉の味噌焼などを作らせ一杯始めている所へ、裁判官警察官山林官連合という一行が押し込んで来た。そして我ら二人は普通の部屋から追われて、台所の上に当る怪しき部屋へ押込まれた。下からは炊事の煙が濛々として襲うて来るのである。

「これア耐らん、まったくの燻《いぶ》し出しだ。」

と言いながら我らは膳をつきやってまた草鞋を履いた。

夕闇寒きなかを一里ほど川上に急いで、湯沢の湯というへ着いた。

十一月七日。

朝、沸し湯のぬるいのに入っていると、ごうごうという木枯の音である。ガラス戸に吹きつけられ、その破れをくぐって落葉は湯槽の中まで飛んで来た。そしてとうとう雨まで降り出した。

終日、二人とも、炬燵に潜って動かず。


十一月八日。

誘いつ誘われつする心はとうとう二人を先日わたしと中村君と昼食した市場という原中の一軒家まで連れて行った。そこでいよいよお別れだと土間に切られた大きな炉に草鞋を踏み込んで盃を取ろうとするとふとそこの壁に見ごとな雉子が一羽かけられてあるのを見出した。これを料理して貰えまいかと言えば承知したという。そこへ先日から評判の美しい娘が出て来て、それだったら二階へお上りなさいませという。両個相苦笑して草鞋をぬぐ。

いつの間にやら夜になっていた。初めちょいちょい顔を見せていた娘は来ずなり、代ってその親爺というのが徳利を持って来た。そして北海道の監獄部屋がどうの、ピストルや匕首《あいくち》がこうのという話を独りでして降りて行った。小半日、ぐずぐずして終《つい》に泊り込んだ我らをそれで天晴れ威嚇したつもりであったのかも知れない。

二階は十六畳位《くら》いも敷けるがらんどうな部屋であった。年々馬の市がここの原に立つので、そのためのこの一軒家であるらしい。

十一月九日。

早暁、手を握って別れる。彼は坂を降って里の方へ、わたしは荒野の中を山の方へ、久しぶりに一人となって踏む草鞋の下には二寸三寸高さの霜柱が音を立てつつ崩れて行った。

また久し振りの快晴、僅か四五日のことであったに八ヶ岳には早やとっぷりと雪が来ていた。野から仰ぐ遠くの空にはまだ幾つかの山々が同じく白々と聳えていた。踏み辿る野辺山が原の冬ざれも今日のわたしには何となく親しかった。

野末なる山に雪見ゆ冬枯の荒野を越ゆと打ち出でて来れば
大空の深きもなかに聳えたる峰の高きに雪降りにけり
高山に白雪降れりいつかしき冬の姿を今日よりぞ見む
わが行くや見る限りなるすすき野の霜に枯れ伏し真白き野辺を
はりはりとわが踏み裂くやうちわたす枯野がなかの路の氷を
野のなかの路は氷りて行きがたし傍への芝の霜を踏みゆく

枯れて立つ野辺のすすきに結べるは氷にまがふあららけき霜
わが袖の触れつつ落つる路ばたの薄《すすき》の霜は音立てにけり
草は枯れ木に残る葉の影もなき冬野が原を行くは寂しも
八ケ嶽峰のとがりの八つに裂けてあらはに立てる八ケ嶽の山
昨日見つ今日もひねもす見つつ行かむ枯野がはての八ケ嶽の山
冬空の澄みぬるもとに八つに裂けて峰低くならぶ八ケ嶽の山
見よ下にはるかに見えて流れたる千曲《ちくま》の川ぞ音も聞えぬ
入り行かむ千曲の川のみなかみの峰仰ぎ見ればはるけかりけり

おもうて来た千曲川上流の渓谷はさほどでなかったが、それを中に置いて見る四方寒山の眺望は意外によかった。
大深山村付近雑詠。

ゆきゆけどいまだ迫らぬこの谷の峡間《はざま》の紅葉時過ぎにけり
この谷の峡間を広み見えてをる四方の峰々冬寂びにけり
岩山のいただきかけてあらはなる冬のすがたぞ親しかりける

泥草鞋踏み入れて其処に酒をわかすこの国の囲炉裡なつかしきかな
とろとろと榾火《ほたび》燃えつつわが寒き草鞋の泥の乾き来るなり
居酒屋の榾火のけむり出でてゆく軒端に冬の山晴れて見ゆ

とある居酒屋で梓山《あずさやま》村に帰りがけの爺さんと一緒になり、共にこの渓谷のつめの部落梓山村に入った。そして明日はこの爺さんに案内を頼んで十文字峠を越ゆることになった。

ここの宿屋でまた例の役人連中と落合うことになった。ひとの食事をとっている炬燵にまで這入って来て足を投げ出す傍若無人の振舞に耐えかねて、膳の出たばかりであったが、わたしはその宿を出た。そして先刻知り合いになった爺さんのうちにでも泊めて貰おうとその家を訪ねた。爺さんはまだ夕闇の庭で働いていた。見るからに荒れすたれた家で、とても一泊を頼むわけに行きそうにもなかった。当惑しながら、ほかにもう宿屋は無かろうかと訊くと、木賃宿ならあるという。結構、どこですというと爺さんが案内してくれた。木賃宿とはいっても古びた堂々たる造りで、三部屋ばかり続いた一番奥の間に通された。煤びた、広い部屋であった。まず炬燵が出来、ランプが点り、膳が出、徳利が出た。が、何かなしに寒さが背すじを伝うて離れなかった。二間ほど向うの台所の囲炉裡端でもそろそろ夕飯が始まるらしく、家族が揃って、大賑かである。わたしはとうとう自分のお膳を持ってその焚火に明るい囲炉裡ばたまで出かけて仲間に入った。

最初来た時から気のついていた事であったが、ここでは普通の厩《うまや》でなく、馬を屋内の土間に飼っているのであった。津軽でもそうした事を見た、余程この村も寒さが強いのであろうと二疋並んでこちらを向いている愛らしい馬の眼を眺めながら、案外に楽しい夕餉を終った。家の造り具合、馬の二疋いる所、村でも旧家で工面のいい家らしく、家人たちも子供までみな卑しくなかった。

十一月十日。

満天の星である。切れる様な水で顔を洗い、囲炉裡にどんどんと焚いて、お茶代りの般若湯《はんにゃとう》を嘗めていると、やがて味噌汁が出来、飯が出来た。味噌汁には驚いた。内儀は初め馬の秣桶《まぐさ》で、大根の葉の切ったのか何かを掻きまぜていたが、やがてその手を囲炉裡にかかった大鍋の漸くぬるみかけた水に突っ込んでばしゃばしゃと洗った。その鍋へ直ちに味噌を入れ、大根を入れ、かくて味噌汁が出来上ったのである。
馬たちはまだ寝ていた。大きい身体をやや円めに曲げて眠っている姿は、実に可愛いいものであった。毛のつやもよかった。これならお前たちと一つ鍋のものをたべても左程きたなくはないぞよと心の中で言いかけつつ、味噌汁をおいしくいただいた。

**寒しとて囲炉裡の前に厩作り馬と飲み食ひすこの里人は**
**まるまると馬が寝てをり朝立《あさだち》の酒わかし急ぐ囲炉裡の前に**
**まろく寝て眠れる馬を初めて見きかはゆきものよ眠れる馬は**
**のびのびと大き獣のいねたるは美しきかも人の寝しより**

そこへ提灯をつけて案内の爺さんが来た。相共に上天気を喜びながら宿を出た。十文字峠は信州武州上州に跨がる山で、ここより越えて武蔵荒川の上流に出るまで上下七里の道のりだという。その間、村はもとより、一軒の人家すら無いという。暫《しば》らく渓に沿うて歩いた。もうここらになると千曲川も小さな渓となって流れているのである。やがて、渓ばたを離れて路はやや嶮しく、前後左右の見通しのきかない様な針葉樹林の中に入ってしまった。木は多く樅《もみ》と見た。今日はいちにちこうした森の中を歩くのだと爺さんは言った。

三国に跨がるこの大きな森林は官有林であり、そこにひそひそ盗伐が行われていた。中でもやや組織的に前後七年間にわたって行われていた盗伐事件が今度漸《ようや》く摘発せられたのだそうだ。何しろ関係する区割が広く、長野県群馬県東京府の役人たちがそのために今度出張って来たのだという。わたしは苦笑した。その役人共のためにわたしは二度宿屋から追放されたのだと。

いかにも深い森であった。そして曲のない森でもあった。素人眼にはただ一二種類と見ゆる樹木が限界もなく押し続いているのみであるのだ。不思議と、鳥も啼かなかった。一二度、駒鳥らしいものを聞いたが、季節が違っていた。ただ散り積っているこまかな落葉をさっくりさっくりと踏んでゆく気持は悪くはなかった。それが五六里の間続くのである。

幸いに登りつくすと路は峰の尾根《おね》に出た。そして殆んど全部尾根づたいにのみ歩くのであった。ために遠望が利いた。ことに峠を越え、武州路に入ってからの方がよかった。我らの歩いている尾根の右側の遠い麓には荒川が流れてい、同じく左側の峡間の底には末は荒川に落つる中津川が流れていた。いや、いる筈であった。山々の勾配がすべて嶮しく、且つ尾根と尾根との交わりが非常に複雑で、なかなかそこの川の姿を見る事は出来なかった。

やがて夕日の頃となると次第にこの山上の眺めが生きて来た。尾根の左右に幾つともなく切れ落ちている山襞《やまひだ》、沢、渓間の間にほのかに靄が湧いて来た。どこからとなく湧いて来たこの靄は不思議と四辺の山々を、山々に立ちこんでいる老樹の森を生かした。

また、夕日は遠望をも生かした。遠い山の峰から峰へ積っている雪を輝かした。浅間山の煙だろうとおもわるるものをもかすかに空に浮かし出した。その他、甲州路、秩父路、上州路、信州路は無論のこと、杳《はる》かに越後境だろうと眺めらるるもろもろの峰から峰へ、寒い、かすかな光を投げて、いう様なき荘厳味を醸し出してくれたのである。

「ホラ、彼処《あそこ》にちょっぴり青いものが見ゆるずら……」

老案内者は突然語り出した。指された遥かの渓間には、渓間だけに雑木もあると見え、色濃く紅葉していた。その紅葉の寒げに続いている渓間のひと所に、成程、ちょっぴり青いものが見えていた。

「あれは中津川村の大根畑だ。」

と老爺はうなずいて、そこの伝説を語った。こうした深い渓間だけに、初めそこに人の住んでいる事を世間は知らなかった。ところが折々この渓奥から椀のかけらや、箭《や》の折れたのが流れ出して来る。サテは豊臣の残党でも隠れひそんでいるのであろうと、丁度江戸幕府の初めの頃で、所の代官が討手に向うた。そしてそこの何十人かの男女を何とかいう蔓《かづら》で、何とかいう木にくくってしまった。そして段々検べてみると同じ残党でも鎌倉の落武者の後である事が解って、蔓を解いた。そこの土民はそれ以来その蔓とその木とを恨み、一切この渓間より根を断つべしと念じた。そして今では一本としてその木とその蔓とをそこに見出せないのだそうである。

日暮れて、ぞくぞくと寒さの募る夕闇に漸く峠の麓村栃本《とちもと》というへ降り着いた。ここは秩父の谷の一番つめの部落であるそうだ。そこでは秩父四百竈の草分と呼ばれている旧家に頼んで一宿さして貰うた。

栃本の真下をば荒川の上流が流れていた。殆んど直角に切れ落ちた断崖の下を流れているのである。向う岸もまた同じい断崖で聳えたった山となって居る。その向う岸の山畑に大根が作られていた。栃本の者が断崖を降り、渓を越えまた向う地の断崖を這い登ってその大根畑まで行きつくには半日かかるのだそうだ。帰りにはまた半日かかる。ためにここの人たちは畑に小屋を作って置き、一晩泊って、漸く前後まる一日の為事《しごと》をして帰って来るのだという。栃本の何十軒かの家そのものすら既に断崖の中途に引っ懸っている様な村であった。

十一月十一日。

爺さんはまた七里の森なかの峠を越えて梓山村へ帰ってゆくのである。わたしは一人、三峰山に登った。そしてそこを降って、昨日尾根から見損った中津川が、荒川に落ち合う所を見たく、二里ばかり渓沿いに遡って、名も落合村というまで行って泊った。

翌日は東京に出、ルックサックや着茣蓙《きござ》を多くの友達に笑われながら一泊、十七日目だかに沼津の家に帰った。

# 鳳来寺紀行

沼津から富士の五湖を廻って富士川を渡り身延に登り、その奥の院七面山から山づたいに駿河路に越え、梅ヶ島という人の知らない山奥の温泉に浸って見るも面白かろうし、そこから再び東海道線に出て鷲津駅から浜名湖を横ぎり、名のみは久しく聞いている奥山半僧坊に詣で、地図で見ればそこより四五里の距離に在るらしい三河新城町に廻ってそこの実家に病臥しているK――君を見舞い、なおそこから遠くない鳳来山に登り、山中に在るという古寺に泊めて貰って古来その山の評判になって居る仏法僧鳥を聴いて来よう、イヤ、仏法僧に限らず、そうして歴《へ》巡《めぐ》る山から山に啼いているであろう杜鵑《ほととぎす》だの郭公だの黒つがだの、すべて若葉の頃に啼く鳥を心ゆくまで聴いて来たいとちゃんと予定をたててその空想を楽しみ始めたのは五月の初めからであった。折悪しく用が溜っていて直ぐには出かけられず、急いでそれを片付けてどうでも六月の初めには発足しようときめていた。

ところが恰度そのころから持病の腸がわるくなった。旅行は愚か、部屋の中を歩くのすら大儀な有様となった。そうして起きたり寝たりして居るうちにいつか六月は暮れてしまった。七月に入ってやや恢復はしたものの、サテ急に草鞋を穿く勇気はなく、且つ旅費にあてておいた金もいつの間にかなくなっていた。

七月七日、神経衰弱がひどくなったと言って勤めさきを休んで東京からM――君がやって来た。そして私の家に三四日寝転んでいた。その間に話が出て、それでは二人してその計画の最後の部である三河行だけを実行しようということになった。

七月十二日午前九時沼津発、同午後二時豊橋着、そこまで新城からK――君が迎えに来ていた。案外な健康体で、ルパシカなどを着込んでいた。まだしかし、声は前通りにかれていた。豊川線に乗換え、豊川駅下車、稲荷様に詣でた。ここは亡くなった神戸の叔父が非常に信仰したところで、九州へ帰省の途中彼を訪うごとに、何故御近所を通りながら参詣せぬと幾度も叱られたものであった。謂わば偶然今日そこへ参詣して、この叔父の事が思い出され、その位牌に額《ぬか》ずく思いで、頭を垂れた。

再び豊川線に乗って奥に向う。この沿線の風景は武蔵の立川駅から青梅に向う青梅線のそれに実によく似ていた。ただ、車窓から見る豊川の流が多摩川より大きいごとく、こちらの方が幾分広やかな眺めを持つかとも思われた。

新城《しんしろ》の町は一里にも余ろうかと思われる古びやかな長々しい一すじ町で、多少の傾斜を帯び、俥で見て行く両側の店々には漸くいま灯のついた所で、なかなかに賑って見えた。豊川流域の平原が次第につまって来た奥に在る付近一帯の主都らしく、そうした位置もまた武蔵の青梅によく似ていた。

K――君の家はその長々しい町のはずれに在り、予《か》ねて聞いていた様に酒類を商う古めかしい店構えであった。鬚《ひげ》の真白なその父を初め兄夫婦には初対面で、ただ姉のつた子さんには沼津で一度逢っていた。名物の鮎の料理で、夜更くるまで馳走になった。

翌日一日滞在、降りみ降らずみの雨間に出でて弁天橋というあたりを散歩した。この辺の豊川は早や平野の川の姿を変えて渓谷となり、両岸ともに岩床で、激しい瀬と深い淵とが相継いで流れている。橋は相迫った断崖の間にかけられ、なかなかの高さで、真下の淵には大きな渦が巻いていた。淵を挾んだ上下は共に白々とした瀬となって、上にも下にも鮎を釣る姿が一人二人と眺められた。この橋の様子は高さから何から青梅の万年橋に似て居り、鮎を名物とするところもまた同所と似て居る。武蔵の青梅は私の好きな古びた町であった。

夜はK――君父子に誘われて観月楼という料理屋に赴いた。座敷は南向きで嶮崖に臨み、眼下に稲田が開けて、野末の丘陵、更に遠く連山の起伏に対するあたり、成程月や星を観るにはいい場所であろうと思われた。惜しいかなその夜も数日来打ち続いた雨催いの空で、低く垂れた密雲を仰ぐのみであった。

友の老父も酒を愛する方であった。徐ろに相酌みつつ終《つい》にまた深更まで飲んでしまった。

七月十四日。眼が覚めるとすさまじい雨の音である。今日は鳳来山へ登ろうときめていた日なので、一層この音が耳についた。

樫《かし》、柏《かしわ》、冬青《もち》、木犀《もくせい》などの老木の立ち込んだ中庭は狭いながらに非常に静かであった。ことごとしく手の入れてないままに苔が自然に深々とついていた。離室の縁に籐椅子を持出してぼんやり庭を見、雨を聞いて居るのは悪い気持ではなかったが、サテそうしてもいられなかった。M――君と両人で出立の用意をしていると、家内総がかりで留めらるる。そのうちに持ち出された徳利の数が二つ三つと増してゆく間に、いつか正午近くなってしまった。雨は小止みもないばかりか、次第に勢を強めて来た。

漸く私は一つの折衷案を持ち出した。鳳来山登りをやめにして、今日はこれからK——君も一緒にこの渓奥に在る由案内記に書いてある湯谷温泉へ行きましょう、そしてそこから我らは明日山へ登り、君はこちらへ引返し給え、若《も》し君独り引返すのがいやだったら姉さんを誘おうじゃないか、と。

かくして四人、降りしきる中を停車場へ急いで、辛く間に合った汽車に乗った。古戦場で聞えている長篠駅あたりからの線路は峡間の渓流に沿うた。そしてそこに雨と雲と青葉との作りなす景色は渓好きの私を少なからず喜ばしめた。

三四駅目で湯谷に着いた。改札口で温泉の所在を訊くと、改札口から廊下続きの建物を指して、それですという。成程考えたものだと思った。湯谷ホテルと呼んでいるこの温泉宿はこの鉄道会社の経営しているものであるのだ。何しろ難有《ありがた》かった。この大降りに女連れではあるし、田舎道の若し遠くでもあられては真実困るところであったのだ。

通された二階からは渓が真近に見下された。数日来の雨で、見ゆるかぎりが一連の瀑布となった形でただ滔々と流れ下っている。この辺から上流をば豊川と言わず、板敷川と呼んで居る様に川床全体が板を敷いた様な岩であるため、その流はまことに清らかなものであるそうだが、今日は流石に濁っていた。濁っているというより、随所に白い渦を巻き飛沫をあげて流れ下っていた。対岸の崖には山百合の花、萼《がく》の花など、雨に揺られながら咲きしだれているのが見えた。その上に聳えた山には見ごとに若杉が植え込んであった。山の嶮しい姿と言い、杉の青みといい、徂徠《そらい》する雲といい、必ず杜鵑《ほととぎす》の居そうな所に思われたが、雨の烈しいためか終《つい》に一声をも聞かなかった。

温泉といっても沸かし湯であった。酒や料理は、会社経営の手前か、案外にいいものを出してくれた。絵葉書四五十枚を取り寄せ知れる限りに寄せ書きをした。

七月十五日。かれこれしているうちに時間がたって、十二時幾分かの汽車に乗った。重い曇ではあるが、珍しく雨は落ちて来なかった。M――君と私とは長篠駅下車、寒狭川に沿うて鳳来山の方へ溯って行った。寒狭川もまた岩を穿って流れている渓であった。

途中、鮎滝というがあった。平常から見ごとな滝とは聞いていたが、今日は雨後のせいで凄じい水勢であった。路を下りてそれに近づこうとすると遠く水煙が巻いて来て、思わず面を反けねばならなかった。

行くこと二里で、麓の村門谷《かどや》というに着いた。見るからに古びはてた七八十戸の村で農家の間には煤び切った荒目な格子で間口を廻らした家なども混っていた。山駕籠や、芝居でしか見ない普通の駕籠などの軒先に吊るされてあるのも見えた。とある一軒に寄って郵便切手を買いながら山上のお寺に泊めて貰えるか否かを訊ねた。上品な内儀が、泊めては貰えましょうが喰べ物が誠に不自由で、とにかく今日の夕飯だけでもこの村の宿屋で召上ってからお登りになったがいいでしょうという。

厚意を謝してそこを出ると直ぐ一軒の宿屋があった。これも広重の絵などで見るべき造りの家である。そのまま立ち寄ろうとしたが、しかしそこで夕飯をとるとすると到底今日山へ登る事をばようしないにきまっている。私はいいとしてもM——君は明日はまた山を下らねばならぬ人である。それを思うて、兎にも角にも寺まで行って見ようということになった。宿屋のはずれに硯を造っている一二軒の家が眼についた。この山の石で造るもので良質の硯の出来るという話を聞いたのを思い出した。

黒々と樹木のたちこんだ岩山が眼の前に聳えていた。妙義山の小さい形であるが、樹木の茂みが山を深く見せた。宿を外れると直ぐ杉木立の暗い中に入り、石段にかかった。僅に数段を登るか登らぬに早やすぐ路の傍へから啼き立った雉子の声に心をときめかせられた。

石段の数は人によって多少の差はあったが、いま途中で休んだ茶店の老爺老婆は一千八百七十七段ありますと言下に答えたのであった。数はとにかく両人は直ぐ労《つか》れてしまった。一度二度と腰をおろして休みながら登るうちに右手に一軒の寺があった、松高院といった。今少し登ると医王院というがあり、接待茶、絵葉書ありの看板が出ていた。そこへ寄って茶の馳走になり絵葉書を買い、本堂再建の屋根瓦一枚ずつの寄進につき、更に山上遥に続いている石段を登り始めようとすると、応接していたまだ三十歳前後の年若い僧侶が、貴下は若山という人ではないか、と訊く。いぶかりながらその旨を答えると、実は今日の正午頃に私の知人の某君というが来て、昨日か今日、その人が仏法僧鳥を聴くために登って来る筈だ、来たらばこの寺に泊めてくれと言い置いてツイ先刻帰ったばかりだとの事であった。では新城町のK——家から山のお寺へも紹介しておくからとの話はその事であったのかと思いながら、意外の便宜に二人とも大いに喜んだ。のんきな我らは、この石段の続いた果にまだお寺があるだろうしその一番高い所に在るお寺に泊めて貰おうなどと言いながらなお労れた足を運ぼうとしていたのであった。聞けばこの上には東照宮があるのみで、お寺はもう無いのだそうである。もと本堂があったのだけれど、この大正三年に焼失したのだそうだ。

喜びながら手荷物をそこに預け、足ついで故その東照宮までお参りして来ようと再び石段を登って行った。大きくはないが古びながらに美しいお宮は見事な老木の杉木立のうす暗いなかに在った。社務所があっても雨戸が固く閉ざされていた。

お寺に引返して足を伸して居ると、程なく夕飯が出た。新城から提げて歩いていた酒の壜を取出して遠慮しながら冷たいまま飲んでいると、燗《かん》をして来ましょうと温めて貰う事が出来た。お膳を出されたのは、廊下に畳の敷かれた様な所であったが、居ながらにして眼さきから直ぐ下に押し降《くだ》って行っている峡間《はざま》の嶮しい傾斜の森林を見下すことが出来た。誠によく茂った森である。そして峡間の斜め向うにはその森にかぶさる様に露出した岩壁の山が高々と聳えているのである。湧くともなく消ゆるともない薄雲が峡間の森の上に浮いていたが、やがて白々とそこを閉ざしてしまった。そしてツイ窓さきの木立の間をも颯々と流れ始めた。

まだ酒の終らぬ時であった。突然、隣室から先刻の年若い僧侶――T――君と

いう人で快活な親切な青年であった――が、

「いま仏法僧が啼いていいます。」

と注意してくれた。

驚いて盃を置き、耳を傾けたが一向に聞えない。

「随分遠くにいますが、段々近づいて来ましょう。」

と言いながらT――君はやって来て、同じく耳を澄ましながら、

「ソレ、啼いてましょう、あの山に。」

と、岩山の方を指す。

「ア、啼いてます啼いてます、随分かすかだけれど――。」

M――君も言って立ち上った。

まだ私には聞えない。どこを流れているか、森なかの渓川の音ばかりが耳に満ちている。

二人とも庭に出た。身体の近くを雲が流れているのが解る。

「啼いてますが、あれでは先生には聞えますまい。」

と、M――君が気の毒そうにいう。彼は私の耳の遠いのを前から知っているのである。

近づくのを待つことに諦めて部屋に入り、酒を続けた。酒が終ると、酔と労れとで二人とも直ぐぐっすりと眠ってしまった。

M——君はその翌十六日、降りしきる雨を冒して山を下って行った。そして私だけ独りその後二十一日までその寺に滞在していた。その間の見聞記を少し書いて見たい。

鳳来山は元来噴火しかけて中途でやみ、その噴出物が凝固してこうした怪奇な形の山を成したものだそうである。で、土地の岩層や岩質などを研究するとなかなか複雑で面白いということである。高さは海抜僅かに二千三百尺、山塊全体もそう大きなものではないが、切りそいだように聳えた大きな岩壁、それらの間に刻み込まれた渓谷など、とにかく眼に立つ眺めを持って居る。それにそうした岩山に似合わず、不思議によく樹木が育って、岩壁や裂目にまで見ごとな大木が隙間もなくぴったりと立ち茂っている。この樹木の繁《しげ》いことが少なからずこの山の眺めを深くもし大きくもしているのである。多く杉檜等の針葉樹であるが、間々この山独特の珍しい草木もあるとのことである。

南面した山の中腹に鳳来寺がある。推古天皇の時僧理修の開創で、更に文武天皇大宝年間に勅願所として大きな堂宇が建立されたのだそうだ。その後源頼朝もいたくこの寺の薬師如来を信仰して多くの荘園を奉納し、下って徳川広忠は子なきを患いてここに参籠祈願して家康を生んだというので家光家綱相続いて殿堂鐘楼楼門その他山林方三里、及び多大の境地を寄附し、新に家康の廟東照宮を置き一時は寺封千三百五十石、十九ヶ村の多きに上ったということである。(加藤與曾次郎氏著『門谷附近の史蹟』に拠る)ところが明治の革新に際し制度の変遷から悉くこれらの寺封を取除かれ、その上明治八年及び大正三年両度の火災で本堂初め十二坊からあった他の寺々まで焼け失せて今では僅に医王院松高院の二堂を残すのみとなっている。現在の住職服部賢定氏これを嘆いて数年間に渉って鳳来山の裏山にあたる森林の払下げを願い出て終に許可を得、それより費用を得て目下本堂建築の工事中である。払下げを受けた面積三千百十三町七反歩、しかもなお寺の境内として残してある森林の面積百五十八町三反歩というのに見ても如何にこの山を包む森林の広いかは解るであろう。

ある日私は案内せられて東照宮の裏手から山の頂上の方に登って行った。前にも言う通りこの山は岩山ゆえ、みっちりと樹木の立ち込んだ峰のところどころに恰も鉾を立てた様に森から露出して聳え立った岩の尖りがある。それらの一つ一つに這い登ってこちらの渓、そちらの峡間に茂り合って麓の方に拡がって行っている森の流を見下していると、まことに何とも言えぬ伸びやかな静かな心になってゆくのであった。

何百丈か何千丈か、乾反《ひそ》り返って聳え立った岩壁の頂上に坐って恐る恐る眼下を見ていると、多くは迫《せこ》になった森の茂みに籠って実に数知れぬ鳥の声が起っている。我らの知っているものは僅にその中の一割にも足らぬ。多くは名も声も聞いた事のないもののみである。僅に姿を見せて飛ぶは鴨樫鳥《かもかしどり》に啄木鳥《きつつきくら》位いのもので、その他はただそここに微妙な音色を立てているのみで、見渡す限りただ青やかな森である。

中に水恋鳥というのの啼くのを聞いた。非常に透る声で、短い節の中に複雑な微妙さを含んで聞きなさるる。これは全身真紅色をした鳥だそうで自身の色の水に映るを恐れて水辺に近寄らず、雨降るを待ち嘴を開いてこれを受けるのだそうである。そして旱《ひでり》が続けば水を恋うて啼く、その声がおのずからあの哀しい音いろとなったのだという。

私はここに来てつくづく自分に鳥についての知識の無いのを悲しんだ。あれは、あれはと徒らにその啼声に心をときめかすばかりで、一向にその名を知らず、姿をも知らないのである。山の人ものんきで、殆んど私よりも知らないくらいであった。

石楠木《しゃくなぎ》のこの山に多いのをば聞いていたが、いかにも予想外に多かった。そして他の山のものと違った種類であるのに気がついた。そうなると植物上の知識の乏しいのをも悲しまねばならぬことになるが、とにかく他の石楠木と比べて葉が甚だ細くて枝が繁い。檜や栂《とが》の大木の下にこの木ばかりが下草をなしている所もあった。花のころはどんなであろうと思われた。葉も枝もどうだんの木と少しも違わないような木で釣鐘躑躅《つりがねつつじ》というのがあった。花がみな釣鐘の形をなし、それこそ指でさす隙間もないほどぎっちりと咲き群がるのだそうである。ふり仰ぐ絶壁の中腹などに僅に深山《みやま》躑躅の散り残っているのを見る所もあった。また、苔清水の滴っている岩の肌にうす紫のこまかな花の咲いているのがあった。岩千鳥というのだそうでいかにも高山植物に似た可憐な花であった。鳳来寺百合という百合も岩に垂れ下って咲いていた。この百合もこの山独特のものだと聞いていた。

山の尾根から伝って歩いていると、遠く渥美《あつみ》半島が見えた。またその反対の北の方には果もなく次から次と蜒《うね》り合った山脈が見えて、やがて雲の間にその末を消している。美濃路信濃路の山となるのであろう。そうした大きな景色を眺めていると、我らの坐った懸崖《けんがい》の真下の森を啼いて渡る杜鵑《ほととぎす》の声がおりおり聞えて来た。もう時季が遅いために、この鳥の啼くのはめっきり少なくなっているのだそうである。

私が山に登ってから三日間は少しの雨間もなく降り続いた。しかも並大抵の降りでなく、すさまじい響をたてて降る豪雨であった。で、その間は全くその山を包んだ雨声の中に身うごきもならぬ気持で過していたのである。雨に連れて雲が深かった。明けても暮れても真白な密雲のなかに、殆んど人の声を聞かず顔を見ずに過していた。

十八日の昼すぎから晴れて来た。

「今夜こそ啼きますぞ。」

寺の人がこう言って微笑した。最初この寺に登って来た晩に遠くで啼いたと聞くばかりで、私はまだ楽しんで来た仏法僧を聞くことなしにその日まで過して来たのであった。この鳥は晴れねば啼かぬのだそうだ。

「啼きましょうか、啼いてくれるといいなア。」

その夕方は飲み過ぎない様に酒の量をも加減して啼くのを待った。洋灯《ランプ》がともり、私の癖の永い時間の酒も終ったが、まだ啼かない。庭に出て見ると、久しく見なかった星が、嶮しい峰の上にちらちら輝いている。墨の様に深い色をした峡間の森には、例の名も知れぬ鳥が頻りに啼いているのだが、待っているのはなかなか啼かない。

九時頃であった。半ば諦めた私は床を敷いて寝ようとしながら、フッと耳を立てた。そして急いで廊下の窓のところへ行った。そこの勝手の方からも寺の人が出て来た。

「解りましたか、啼いてますよ。」

「ア、やはりあれですか、なるほど、啼きます、啼きます。」

私はおのずから心臓の皷動の高まるのを覚えた、そしてまたおのずからにして次第に心気の潜んでゆくのをも。

なるほどよく啼く。そして実にいい声である。世の人の珍しがるのも無理ならぬことだと眼を瞑じて耳を傾けながら微笑した。

「自分の考えていたのとは違っている。」

とも、また、思った。

私は初めこの仏法僧という鳥を、山城の比叡山あたりで言っている筒鳥というのと同じものだと予想していた。その啼き声が、仏、法、僧というというところから、かつて親しく聞いたことのある筒鳥の啼き声を連想せざるを得なかった。筒鳥の声が聞きようによってはそう聞えないものでもないからである。ただ筒鳥は単に仏、法、僧という如く三音に響いて切れるでなく、ホッホッホッホッホッホウと幾つも続いて釣瓶打に啼きつづけるのである。しかし、その寂びた静かな音いろはともするとと仏法僧という発音や文字づらと関連して考えられがちであったのだ。

まことの仏法僧は筒鳥とは違っていた。しかし、その啼き声を仏、法、僧と響くというのも甚だ当を得ていない。これは仏法の盛んな頃か何か、或る僧侶たちの考えたこじつけに相違ないと私は思った。この鳥の声はそんな枯れさびれたものではないのである。いかにも哀音悲調と謂った風の、うるおいのある澄み徹った声であるのだ。いかにも物かなしげの、迫った調子を持っているのである。

そして仏、法、僧という風に三音をば続けない。高く低くただ二音だけ繰返す。その二音の繰返しが十度び位いも切々《せっせつ》として繰返さるると、合の手見た様に僅かに一度、もう一音を加えて三音に啼く。それをこじつけて仏法僧と呼んだものであろう。普通はただ二音を重ねて啼くのである。

たとえば郭公《かっこう》の啼くのが、カッ、コウと二音を重ねるのであるが、あれと似ている。しかし似ているのはただそれだけで、その音色の持つ調子や心持は全然違っている。郭公も実に澄んだ寂しい声であるが、仏法僧はその寂びの中に更に迫った深みと鋭どさとを含んで居る。さればとて杜鵑《ほととぎす》の鋭どさでは決してない。言いがたい円みとうるおいとをその鋭どさの中に包んでいる。とにかく、筒鳥にせよ、郭公にせよ、杜鵑にせよ、その啼声のおおよその口真似も出来、文字にも書くことが出来るが、仏法僧だけは到底むつかしい。器用な人ならばあるいは口真似は出来るかも知れぬが、文字には到底不能である。それだけ他に比して複雑さを持っているとも謂えるであろう。

不思議に四月の二十七日か若《も》しくはその翌日の八日かから啼き始めるのだそうである。殆んどその日を誤らないという。南洋からの渡り鳥で、全身緑色、嘴と足とだけが紅く、大きさはおおよそ鴨に似ているそうだ。稀には昼間に啼くこともあるそうだが、決して姿を見せない。山に住んで居る者でも誰一人それを見た者はないという。

この鳥も郭公などと同じく、暫くも同じところに留っていない。啼き始めると続けさまにその物悲しげな啼声を続けるのであるが、殆んどその一連ごとに場所を換えて啼いている。それも一本の木の枝をかえて啼くというでなく、一町くらいの間を置いて飛び移りつつ啼くのである。このことが一層この鳥の声を迫ったものに聞きなさせる。

十八日、私は殆んど夜どおし窓の下に坐って聴いていた。うとうとと眠って眼をさますと、向うの峰で啼くのが聞える。一声二声と聞いていると次第に眼が冴えて、どうしても寝ていられないのである。

星あかりの空を限って聳えた嶮しい山の峰からその声が落ちて来る。じいっと耳を澄ましていると、そこに行き、あそこに移って聞えて来る。時とすると更け沈んだ山全体が、その声一つのために動いている様にも感ぜらるるのである。

十九日の夜もよく啼いた。そして午前の四時頃、他のものでは蜩《ひぐらし》が一番早く声を立つるのであるが、それをきっかけに仏法僧はぴったりと黙ってしまう様である。それから後はあれが啼きこれが叫び、いろいろな鳥の声々が入り乱れて山が明けて行く。

二十日に私は山を下った。滞在六日のうち、二晩だけ完全にこの鳥を聞くことが出来た。二晩とも闇であったが、月夜だったら一層よかったろうにと思われた。また、月夜にはとりわけてよく啼くのだそうである。いつかまた月のころに登ってこの寂しい鳥の声に親しみたいものだ。

# 北海道雑観

わたしが北海道に行って見たいと思い始めたのは国木田独歩の小説『牛肉と馬鈴薯』や同じく『空知《そらち》川《がわ》の岸辺』を読んでからであった。前者には北海道を一の理想実行の境地として、まだ現世の汚濁にけがれていぬ清浄な処女地として痛切な憧憬が書いてあった。後者には作者自身がその理想実行を志して北海道に渡り、空知川沿岸の森林中にわけ入った経験が例の筆致でみずみずしく書いてあった。これらを読んで胸を躍らしたのはわたしのまだ学生時代であったとおもうから今より二十年も前の事であった。

わたしは旅行が好きでよく出かけるが、あちこちと広く見物して廻るというより、丁度好いと思った所には幾度となく出直して行って独り自ら楽しむという癖で、所謂見聞は広くない方である。で、もう日本中で御覧にならない所はないでしょう、という質問にもよく出会うがこれに対してみずから自分の習癖を知って居るところから一向何の感じも起さないのが常であるが、若《も》し誰かに、北海道へはまだですか、と訊かれると、旧い負債をあばかれた様な気持で、いつも少からぬ衝動を起した。そして、これは早く行って来なくてはいかぬと一種意地になってすら思う様なこともあった。

その癖、そこに対するわたしの知識というものは実に怪しいもので、本州を挟んでいる釣合の概念からか、自分の生れた九州と同じ大きさとしか北海道を考えていなかった。而《しか》して今度実地に出かけてみると九州はおろか更に四国台湾を加えたものよりもう少し大きいというので呆気にとられてしまった。

北海道の噂をばわたしは注意して聞いていた。そしてその多くが言った、北海道の自然は雄大である、北海道の景色は実に雄大である、と。

成程、その雄大説にわたしも異を称えるものではない。いかにも雄大である。が、単に雄大であるとだけで片付けてしまわないで、わたしはこれにもう少し付け足したい。曰く微妙である、曰く複雑である、曰く単調である、と。単調であって複雑であるというのは可笑しい様だが、そこにいい難い微妙さがあるのである。若しまたこれと同じい反語式口調を用うるならば、もう一つある、曰く微妙であると同時に甚だしく粗野である、と。

単に雄大であると観る観方はそこの山や野や河や海を殆んど死物扱いにしての観方ではあるまいかとおもう。それらのものを単に一つの「形」としてのみ観ているのではなかろうかと思われる。山や河の間に動いている雲や霧や、降り注ぐ、雨や雪や、日の光空の色星の輝き、夏過ぎ秋来る、そうしてそれらのものに包まれた断えず生きて動いている山河の姿、そうした事柄を忘れての観方ではなかろうかと思われるのだ。

そこでわたしはいう、北海道の自然は内地のそれに比し雄大であり、単調であり複雑であり微妙であり粗野である、と。というとひどく褒めあげる様であるが、強《あなが》ちそうでもない。世にいわれて居る雄大さよりずっと型を小さくした雄大さをわたしのは意味して居るのである。

実際今度の北海道で、雄大とか単調とかを感ずるより前にわたしはまず眼まぐるしい様な複雑さ微妙さを感じた。これは主として、雨風、雲、日光、温度、こうした気象方面の変化の烈しさから来る感じであったとおもう。ぱっと日光が窓にさしたかとおもうと、もうばらばらと霙《みぞれ》がガラス戸に音を立てている。珍しくほくらほくらの暖かい日和だと喜んでいると、いつかしら木の葉を吹きまくって凩《こがらし》が荒んでいる。

初めて経験するわたしにはこれが甚だ珍しく、かつ楽しかった。が、同伴した妻などにとっては寧ろ少からぬ脅威であったらしい。初めはわたしと同じく、珍しく面白かった様だが、あまりにそれが続いて繰返されるのでしまいには恐ろしくなったらしい。無理ならぬこととわたしは微笑した。微妙と粗野との交錯はこんなところにも見られるとおもう。

しかし実によく降られた。九月二十四日に函館に着いて十一月二十二日に函館を発つまで北海道に居ることとかっきり二ヶ月間、その間一日のうちに雨か霙《みぞれ》か霰《あられ》か雪かに降られぬ日とては恐らく十日となかったであろう。降られぬ日は、大抵吹かれた。あちこちと思い出して来て十勝国帯広在の途別温泉というに滞在した五日のうちの三日間が不思議とよく凪いで晴れてくれた。紅葉は照り樫鳥はまい啄木鳥は啼き遠山の雪は輝き、忘れられぬ三日間であった。

九月二十四日、連絡船から函館の桟橋に降り立つと、もう降っていた。その夜、札幌の駅から出るとそこはまさに大吹降りの時化《しけ》であった。翌朝、山形屋の暗い部屋から庭木ごしに空を仰ぐと気味の悪い様な藍色に澄んでいた。やれ嬉しやと植物園に出かけて歩いていると如何にも時雨らしい時雨が青やかな樹木の高い梢に荒らかな音をたてて降り過ぎた。

天塩《てしお》国増毛《ましけ》港に汽車から降りたのは十月六日の夜九時であった。そしてその時もまた札幌におとらぬ吹き降りであった。岡の上のお医者様の宅に一晩厄介になって翌朝そこの診察室から見下す増毛の港から遥の沖にかけてはただ真白な浪の渦であった。近くの林檎園を見に行こうとして朝早く一人の若者が誘いに来てくれたが、わたしは到底歩かれる風でなかった。やがて彼は黒いマントを被って前こごみになって駆け出したが氷の玉の様な果実を一抱え持って来てくれた。直ぐ歌の会が開かれた。めいめいが考えに耽って居る部屋の板葺きの屋根にすさまじい音を立てて降過ぐるものがあった。窓さきの落葉松《からまつ》に降りつけて庭にまろぶそれを見れば驚くべく粒の大きな真白な霰であった。庭はまたたく間に白くなった。

「昨夜のもこれだったネ」

とわたしは妻をかえりみた。昨夜幾度か我らはこの不思議な荒々しい屋根の上の物音に眠りを覚されたのであった。

遠山に雪を仰いだは九月三十日岩見沢のもろこし畑の間からであった。身に降りかかるそれを見たのは十月二十四日の夜石狩新砂川炭山に於てであった。しかし夕張炭山では一尺以上も積った白雪を踏むことになった。十一月六七日ころの事であったろう。そして後に咫《し》尺《せき》を弁ぜぬという吹雪に出会ったは十一月十四日、札幌から新琴似《しんことに》村に行く宵闇のなかであった。幌をかけた自動車の中で我らの膝掛毛布は忽ち白くなった。ふと見ると傍らの妻の髪が真っ白になっていた。オヤオヤと思っているうち自動車はパンクし立往生した。止むなく足袋跣足《たびはだし》になって歩いた。一夜を土地の郵便局長である我らが歌仲間の宅に過ごし、翌日は特に仕立ててくれた馬橇《ばそり》というものに生れて初めて乗った。

人間の乗るのはまだ用意が出来ないとかで石炭や大根を積む無蓋《むがい》橇であった。煙の様な雪は涯もない野原の西から東から吹《ふ》雪《ぶ》いて来た。鼻の頭に積っては消えてゆく雪の白さを面白く見詰めながら約一時間半を揺られて札幌の街に入った。ちゃんらんちゃんらんとひびく鈴の音はまだ札幌の人たちにも珍しく振返られながら北大通西何丁目という友の家の門口に着いた。友の家の門口の生垣の何やらの木も重そうに雪をかずいていた。

北海道の景色というちに、渡道前まずわたしの想像に上るものは森林であった。次いで原野であった。而してこの想像は当った。やはり北海道の美を成すものは森であり野である。勿論、海あり河あり山岳あり、それぞれに特色を持っておるが、特にいうならばやはり野であり森であろうと思う。

札幌に着いた翌日、月寒《つきさっぷ》の牧場に案内せられて初めてわたしは北海道の野らしい野を見た。この野は、否、北海道の野は案外に柔かみを持っていた。札幌あたりよりずっと奥にわけ入ってから見た諸所の原野にもどことなくこの柔かさ優しさの籠っているのを感じた。とりあえず思い出されるのは野付牛《のつけうし》あたりの平野、狩勝峠《かりかちとうげ》から振返って眺めおろした十勝一帯の平野、すべてにそれが感ぜられた。焼け残りの木の切株の並び立った所など、いかにも荒涼としているわけだが、わたしは寧ろ上州信州境の六里ヶ原、信州甲州境の野辺山が原念場が原あたりの荒涼さに較べて遥に優美に眺めたのである。

森に就いて思い出されるのは、たしか天塩と北見の国境になっていたかと記憶する一の橋駅から興部《おこっぺ》駅あたりにかけての森、北見釧路の国境だとおもわれた置《おけ》戸《と》駅から小利別《しょうとしべつ》駅間の森、下富良野駅から野花南《のかなん》駅あたりのそれこそ空知川沿岸一帯の森、これはやや樹木のこまかいのをば感じたが夕張炭山に新設せられたという汽車から眺めた森、同じく夕張から追分駅に出ようとしてなにがし川を挟んで見て来た森、すべてがわたしの心を惹いた。興部、置戸付近の森は非常に山が古いらしく、立枯の木や倒れて朽ちた幹や、山火の跡らしく枝も幹も真裸体に黒々として立ち並んだ有様や、すべてが寧ろ凄壮といいたいくらいの美しさを持っていた。若し今度わたしが用事を持っての旅行でなかったならば以上の各駅あたりでは恐らくそれぞれに飛び降りてこれら「時」の流れのあわれさ強さ美しさを噛みふくんで茂っている森林たちとゆっくりと睦み合って来たであろうと思わるる。それを思うと野幌《のっぽろ》の森を見残して来た事と共に今でも残念でならない。

それにしても北海道の森々の上に「亡び」の影がかなりあらわに漂うているのを感ぜざるを得ないのを悲しむ。ろくろく田にもせず、畑にもせずただ伐らんがために伐りつくしたという森林の亡骸《なきがら》の随所に横たわっているのを見て通りながら、わたしは実にいたましい気がしたのである。

森林の亡骸というた。その亡骸のうえに巣をくうている虫のいるのを見た。ある地方の北海道の百姓たちにこういうことをいうのは非常に失礼な不当なことであろうか。

北海道の自然は雄大である、そして北海道の人間は闊達であり大胆であるということを聞いていた。雄大はまだ可なり、人間の大胆闊達はよくわたしには解らなかった。寧ろ普通より小胆で神経質で、徒《いたず》らにひとの眼顔を読むのに苦労するといったところがありはしないだろうか。それがまた妙に運命を肯《がえ》んじて小成に安んずる、そういった所がありはしないだろうか。

山や河の姿は一目見れば解る。が人間は生きもの故、そう簡単に見通しがきかぬのかも知れぬ。

北海道でたべて来たもので何か一番おいしかったろう。林檎か、しかり、林檎はおいしかった。丁度その熟れどきで、それこそ飽くまでたべて来た。時期といえば鮭もそのしゅんであった。いわゆる秋味とかいうのだそうで到る所殆んど毎日これを膳の上に見た。本場だという網走では宴会の席上にわざわざその鍋までしつらえて下された。が、不幸にもわたしはあまりこれを好まない。嫌いではないが、三度四度と続くともう苦しくなるのである。恰《あたか》も信州甲州に行って鯉攻めに会うて弱るが如くどうもこのあぶらっこい魚はわたしには向かない。(妻は大いに喜んで貪っていた様だが。)かといって鮃とかおひょうとかいう白肉のさかなはまたこれ大味にすぎて、所謂《いわゆる》噛み足りないのを覚えた。わたしは魚の小味のあるのを好む。かつて相模の三浦半島の漁村に住んでいたことがあった。そこは東京湾の入口に当る所で、所謂入江ものの小ざかなが沢山とれた。またその種類が非常に多かった。色や形も美しい。小舟の帰って来るのを浜に待ち受けてあれこれと舟底から選み出し、持ち帰って自ら料理してたべたあの味は忘れられない。もっともそこの小魚は評判ものなのだそうで、日本橋の魚河岸でもそこの魚だけは普通の肴屋の手には渡らず、大抵東京一流の料理屋が自ら買出しに来て買いとってゆくのだそうだ。わたしのいま住んでいる沼津千本浜は駿河湾に臨んで居る。ここでもまた種々の小魚がとれるのである。

　やまべをどこかで御馳走になった。これはおいしかった。前言った森の停車場興部と狩勝峠の清水であったか落合駅であったかとでやまべ鮨を売っていた。ふた所とも買ってたべたが、惜しいかな米粒が各自分離運動を起していてまずかった。

　野菜、そうだ、野菜がある。これはおいしい。五升《ごしょう》薯《いも》、玉葱、きゃべつ、とまと、とうもろこし、すべておいしかった。それに我らに珍しい茸も幾つかあった。岩見沢の友人の家に泊っていた時はわたしは毎朝門口にたって荷車を引いてそこを通る野菜売のねえさんおばさんたちから色々なものを買い込んで新婚早々のその友人の細君に嫌われた。夕張の友人のうちでは納豆売を呼び込んだ。札幌ではこれは一二度我慢したのだがこらえかねて棒鱈売を呼んで貰った。そこの友人の阿母さんは笑いながらいった、こんな安いものがお好きならそれこそおやすいことです、と。鱈のすじ子も流石においしかった。もう一つある。おこうこである、漬物である。各地とも、何の漬物でもみなうまかった。わたしは刺身やお椀より殆んどこのおこうこでのみ酒を飲んで来た様に思う。これは野菜のよいのと、一つは長い雪ごもりの好伴侶として自然その漬かたに工夫を凝らされたものかとおもう。

サテ、それでは酒はどうか。

これがわたしには少々意外であった。定めしひどいのを飲まされるだろうと覚悟して行ったに反し各地ともみなお酒がうまかった。ことに、地酒にいいのがあった。旭川で面白いことがあった。そこでは七師団のある大佐殿の宅に四五日厄介になっていた。既にわたしの酒ずきは知られていて所謂灘《なだ》の生一本《きいっぽん》というのが多量に用意されてあった。そこへ出入の商人か何か、これもわたしの噂を聞いてでもいたか、わざわざ土地出来のものだがお口に合うかどうかと断って小さな一樽を持って来た。どうせ駄目だろうが、一杯飲んでみますか、とその樽の口をあけて見たところが、どうも、灘の生一本よりその土地出来の地酒の方がずっとうまいのであった。それからわたしがその方ばかり所望するので、少からず大佐殿の御機嫌をそこねた傾向があったのである。その後ずっと経って、旭川出来の酒が全国品評会で一等賞を得た、本道では初めての事であるという記事を本紙（北海タイムス）だか他の新聞だかで見た。ともするとわたしの舌鼓を打ったそれではなかったかと私《ひそ》かに微苦笑したのであった。岩見沢のも、夕張のも、ともに地酒であったが、共にうまかった。ことに岩見沢のは秀れていた。

サッポロのなまがおいしかったということも一言書き加えておかずばなるまい。

右のほか、何彼《なにか》と思い出さるるものの数々。

月寒《つきさっぷ》の緬羊《めんよう》と秋の夕暮。岩見沢の農学校で見た高山植物。旭川の夜の霧。旭川春光台の柏の木立。春光台から見た遠山の雪。神居古潭《かむいこたん》雨中の紅葉。深川町の追分。名寄《なよろ》町の夕時雨朝時雨。そこ富士屋旅館風呂番の老爺。そこで夕方独り出て雨に濡れながら買うてたべた栗の実。紋別《もんべつ》付近の海の色。そこの砂浜に咲き遅れていた一輪のはまなすの鮮紅。網走三眺山《さんちょうざん》の紅葉の眺望。そこのあきあじの山と沖にかけられたその網。幾春別《いくしゅんべつ》の貝の化石と露頭。夕張炭鉱で頭に巻きつけられたエジソン式キャップランプ。帰りかけてみた雪の駒ヶ岳。

その他、いろいろなストーブ。囲炉裡の上に吊られた自在鍵。そこに熾す木炭の豊けさ。鴉。各停車場に積まれていた大根の山。炭山坑夫長屋の煙突の行列。菊の花。家のゆがみ。風によって向きを変える氷柱の鼻。

いざとなるとなかなか思い出せぬものである。

最後に少々臭い話を書きつけておく。

ことに宿屋などでそれを感じたが、便所の外部に面した方の窓は寒さのせいであろう必ず密閉してある。そうして人の出入りする内側の方の戸は多くの場合殆んど完全にしめてない。用をたしながらあけ放しているのをも幾度か見た。だからそこの臭気はそのあいている所から悠々として屋内座敷の方面に向って侵入して来る。ことに便所はよく階子段の下に在る物である。乃《すなわ》ちこの臭気は、恰《あたか》も石炭の煙が煙突の筒先に急ぐが如く、この階子段の穴から二階三階に勇んで上昇してゆく。ある町のある立派な旅館である朝わたしはある咽《む》せる様な気持で眼を覚した。満室の香気、鼻まさに歪まんとする光景である。廊下に向いた欄間から階子段下の臭気氏がいい気持で忍び込んで来ていたのである。わたしは一種の嘔吐を覚えつつその臭気氏の故郷に向って急いだ。

また、普通の家にはよく手洗鉢《ちょうずばち》が置いて無かった。

# 流るる水（その二）

池が出来あがった。出来て見ればセメントもそう目立たない。早いものでもう水あかも着きかけた。べらぼうに大きいものを掘りますネと言われたものであったが、水が満ちてみればやはりこのくらいはあってよかった。

鮒が百疋か二百疋、泳いでいる。或る古びた溝を乾して取って来たので、来た時は色が黒かったが、ここの水の澄んでいるせいか少しうす青く見える様になったようであわれである。餌のやり手は次男坊の富士人君であるが、この子供にもまだ馴染まない。鯉が一疋、これは狩野川で釣ったものだといって耕文社の番頭さんが持って来て放してくれた。緋鯉のちいさいのも二疋混っている。こまかな雨の降る夕方など、かすかに跳ねてとぶ音が聞える。

池の尻には予定の如く小さなみぞを掘った。幅二尺ほど、底が砂であるため、ちょろちょろと流るる姿がきれいである。これには早速蜆《しじみ》を放った。いつになったら殖《ふ》えるものかと早やそんなことの待たるる気持である。

ここには芹を植えたい。水が清いのだからともすると山葵《わさび》なども育ちはしまいかと考えらるる。

◇

今は落葉が直ぐ溜って流れを堰《せ》く。そのちいさな姿などもこうした所に住んでいるのではなつかしい。

◇

ろくにまだ足もきかない癖に、いや却ってそのためか、そこかここか草鞋を履いて出歩きたい所が空想せられていけない。ぽかんとして頭のなかには幾枚かの地図がひろげられているのだ。

まず手近では足柄山の道了さまに詣った足で明神岳を越え箱根の芦の湖に出る。そこより十国峠を越えて湯ヶ原温泉に出る。それからは右折して伊豆の下田の方へ出、更に西海岸に沿うて沼津まで歩くか（これはやや事が大きくなる）、湯ヶ原からおとなしく小田原を経て沼津に帰るかだ。伊豆の山地の昨今はまことに静かで、そして気持のいい明るさを持っておる。海岸には所によってもうぼつぼつ梅が咲いているであろう。

もう一つ、相模の大山さまに詣り、そこから路を拾って所謂相模野のうちの多摩川べりに出て八王子に行くか、若し出られたら山越をして相模川の上流に出、甲州街道を引返して八王子に出る、そして多摩御陵に参拝する。この後者が出来ると相当面白い路になるとおもうが、よし行けるにしてもかなりの難所であろう。浅川から石和あたりまで、甲州街道を歩いてみたいとはかつて東京にいた頃からもくろんでいたのであったが、山間だけにまだ多少昔風の所が残っているかも知れない。

八王子からは武蔵野だ。五日市（といったとおもう）という風な野の中の宿場にも面白い所があるものだ。そこらを経て川越に出る。川越の在のある村にはわが若山家の祖先の出た所がある。若山姓もまだ残っている。そこを訪ねたり、所沢の飛行場を見たり、東村山の貯水池を見物したり、またはもう一足延して野火止の方へ出て荒川の岸まで行くか。すべてそこらは武蔵野だ。今は悉く黒い畑と落葉林と木枯との世界だ。もう何年かわたしの行かずに居るなつかしい野原の国だ。

もう一つ、これはやや大きくなる。天竜川の岸に沿うててくてくと歩く。信州路伊那のたいらに入り、諏訪湖の岸に出、登れたら蓼科か八ヶ岳かに登り、佐久のたいらに越えて森の中に在ると聞く稲子の湯にも入り松原湖に出る。そこからおとなしく碓氷を越えて東京の方に出るか、千曲川に沿うて長野の方へ下り、更に犀川に沿うて溯り、桔梗が原から木曾川について名古屋に出るか、道は多い。

もう一つ、一月か二月のころ越後に雪を見にゆくか。

もう一つ、関が原あたりをぼつぼつと東海道の旧宿を歩いて琵琶湖の岸に出る。更に延ばし得ればそのまま京都を経て遠く山陰道のはてまでゆく。

あれ、これ、考えていると身体がぞくぞくして来る。どうかこのわが両脚よ、せめてもう少しよくなってくれ。そうすれば乃公《だいこう》はもうこの編集の終り次第、明日にも草鞋をはいて御殿場からゆっくりと長尾峠を登って箱根一帯の冬草山の寂びと美しさを眺め、併せて富士の冬晴をその峠路から仰いで来るものを。

**あしなえのいろり火おこす上手なる**

◇

しかし、ぜいたくは申すまい。

わが庭さきの松原はいよいよ冬に入った。

草はみな枯れ伏してそして犬ゆずり葉の密林のいよいよ美しい時となった。

道ばたに遊んでいるのは、めじろ、みそさざい、あおじ、松の梢から梢に風に吹かれているのは大きな鴉。

椋鳥の群も折々老松の梢の上に渦を巻く。

吹きとおす凄じい風を我慢してその松原を越えて見給え。

駿河湾の浪は時こそとばかりに毎日湾いっぱいになって荒れ狂うている。真白な浪、浪を包む真青な陰影。冬のここの西風は有名なものなのだ。

晴れた日には浜から遠く信州伊那の赤石山脈一帯の雪が望まるる。よし、よし、この夏あたりそこの山にも登ってゆき峰から峰の雪の上を這いずり廻って来ましょうぞよ。

# Ⅲ　みなかみ紀行

眼を挙げるのがいい時と、眼を伏せるのの好ましい時とがある。更にただじいっと瞑《と》じていたい時もある。

伏せていたい時、瞑じていたい時、私はそこにかすかに岩を洗う渓川の姿を見、糸の様なちいさな滝のひびくのを聴くのである。

渓や滝の最もいいのも同じく落葉のころである。水は最も痩せ、最も澄んでいる。そしてそのひびきの最もさやかに冴ゆる時である。

（「自然の息　自然の声」より）

# みなかみ紀行

十月十四日午前六時沼津発、東京通過、そこよりM—、K—、の両青年を伴い、夜八時信州北佐久郡御代田駅に汽車を降りた。同郡郡役所所在地岩村田町に在る佐久新聞社主催短歌会に出席せんためである。駅にはS—、O—、両君が新聞社の人と自動車で出迎えていた。大勢それに乗って岩村田町に向う。高原の闇を吹く風がひしひしと顔に当る。佐久ホテルへ投宿。

翌朝、まだ日も出ないうちからM—君たちは起きて騒いでいる。永年あこがれていた山の国信州へ来たというので、寝ていられないらしい。M—は東海道の海岸、K—は畿内平原の生れである。

「あれが浅間、こちらが蓼科《たでしな》、その向うが八ヶ岳、ここからは見えないがこの方角に千曲川《ちくまがわ》が流れているのです。」

と土地生れのS―、O―の両人があれこれと教えて居る。四人とも我らが歌の結社創作社社中の人たちである。今朝もかなりに寒く、近くで頻りに野羊《やぎ》の鳴くのが聞えていた。

私の起きた時には急に霧がおりて来たが、やがて晴れて、見事な日和になった。遠くの山、ツイそこに見ゆる落葉松《からまつ》の森、障子をあけて見て居ると、いかにも高原のここに来ている気持になる。私にとって岩村田は七八年振りの地であった。

お茶の時に野羊の乳を持って来た。

「あれのだネ。」

と、皆がその鳴声に耳を澄ます。

会の始まるまで、と皆の散歩に出たあと、私は近くの床屋で髪を刈った。今日は日曜、土地の小学校の運動会があり、また三杉磯一行の相撲があるとかで、その店もこんでいた。床屋の内儀が来る客をみな部屋に招じて炬燵に入れ、茶をすすめて居るのが珍しかった。

歌会は新聞社の二階で開かれた。新築の明るい部屋で、麗らかに日がさし入り、階下に響く印刷機械の音も酔って居る様な静かな昼であった。会者三十名ほど、中には松本市の遠くから来ている人もあった。同じく創作社のN―君も埴科郡《はにしなぐん》から出て来ていた。夕方閉会、続いて近所の料理屋で懇親会、それが果ててもなお別れかねて私の部屋まで十人ほどの人がついて来た。そして泊るともなく泊ることになり、みんなが眠ったのは間もなく東の白む頃であった。

翌朝は早く松原湖へゆく筈であったが余り大勢なので中止し、軽便鉄道で小諸《こもろ》町へ向う事になった。同行なお七八人、小諸町では駅を出ると直ぐ島崎さんの「小諸なる古城のほとり」の長詩で名高い懐古園に入った。そしてその壊れかけた古石垣の上に立って望んだ浅間の大きな裾野の眺めは流石に私の胸をときめかせた。過去十四五年の間に私は二三度もここに来てこの大きな眺めに親しんだものである。ことにそれはいつも秋の暮れがたの、昨今の季節に於てであった。急に千曲川の流が見たくなり、園のはずれの嶮しい松林の松の根を這いながら二三人して降りて行った。林の中には松に混った栗や胡桃が実を落していた。胡桃を初めて見るというK―君は喜んで湿った落葉を掻き廻してその実を拾った。まだ落ちて間もない青いものばかりであった。久しぶりの千曲川はその林のはずれの崖の真下に相も変らず青く湛えて流れていた。川上にも川下にも真白な瀬を立てながら。

昨日から一緒になっているこの土地のM―君はこの懐古園の中に自分の家を新築していた。そして招かれてそこでお茶代りの酒を馳走になった。杯を持ちながらの話のなかに、私が一度二度とこの小諸に来る様になってから知り合いになった友達四人のうち、残っているのはこのM―君一人で、あと三人はみなもう故人になっているという事が語り出されて今更にお互い顔が見合わされた。ことにそのなかの井部李花君に就いて私はこういう話をした。私がこちらに来る四五日前、一晩東海道国府津の駅前の宿屋に泊った。宿屋の名は蔦屋といった。聞いた様な名だと、幾度か考えて考え出したのは、数年前その蔦屋に来ていて井部君は死んだのであった。それこれの話の末、我らはその故人の生家が土地の料理屋であるのを幸い、そこに行って昼飯を喰べようということになった。

思い出深いその家を出たのはもう夕方であった。駅で土地のM―君と松本から来ていたT―君とに別れ、あとの五人は更に私の汽車に乗ってしまった。そして沓掛《くつかけ》駅下車、二十町ほど歩いて星野温泉へ行って泊ることになった。

この六人になるとみな旧知の仲なので、その夜の酒は非常に賑やかな、しかもしみじみしたものであった。鯉の塩焼だの、しめじの汁だの、とろろ汁だの、何の缶詰だのと、勝手なことをいいながら夜遅くまで飲み更かした。丁度部屋も離れの一室になっていた。折々水を飲むために眼をさまして見ると、頭をつき合わす様にして寝ているめいめいの姿が、酔った心に涙の滲《にじ》むほど親しいものに眺められた。

それでも朝はみな早かった。一浴後、飯の出る迄とて庭さきから続いた岡へ登って行った。岡の上の落葉松《からまつ》林の蔭には友人Y―君の画室があった。彼は折々東京からここへ来て製作にかかるのである。今日は門も窓も閉められて、庭には一面に落葉松の落葉が散り敷き、それに真紅な楓の紅葉が混っていた。林を過ぐると真上に浅間山の大きな姿が仰がれた。山にはいま朝日の射して来る処で、豊かな赤茶けた山肌全体がくっきりと冷たい空に浮き出ている。煙は極めて僅かに頂上の円みに凝っていた。初めてこの火山を仰ぐM―君の喜びはまた一層であった。

朝飯の膳に持ち出された酒もかなり永く続いていつか昼近くなってしまった。その酒の間に私はいつか今度の旅行計画を心のうちですっかり変更してしまっていた。初め岩村田の歌会に出て直ぐ汽車で高崎まで引返し、そこで東京から一緒に来た両人に別れて私だけ沼田の方へ入り込む。それから片品川に沿うて下野《しもつけ》の方へ越えて行く、とそういうのであったが、こうして久しぶりの友だちと逢って一緒にのんびりした気持に浸っていて見ると、なんだかそれだけでは済まされなくなって来た。もう少しゆっくりとそこらの山や谷間を歩き廻りたくなった。そこで早速頭の中に地図をひろげて、それからそれへと条《すじ》をつけて行くうちにいつか明瞭に順序がたって来た。「よし……」と思わず口に出して、私は新計画を皆の前に打ちあけた。

「いいなア!」

と皆が言った。

「それがいいでしょう、どうせあなただってもう昔の様にポイポイ出歩くわけには行くまいから。」

とS—が勿体《もったい》ぶって付け加えた。

そうなるともう一つ新しい動議が持ち出された。それならこれから皆していっそ軽井沢まで出掛け、そこの蕎麦屋で改めて別盃を酌んで綺麗に三方に別れ去ろうではないか、と。無論それも一議なく可決せられた。

軽井沢の蕎麦屋の四畳半の部屋に六人は二三時間坐り込んでいた。夕方六時草津鉄道で立ってゆく私を見送ろうというのであったが、要するにそうして皆ぐずぐずしていたかったのだ。土間つづきのきたない部屋に、もう酒にも倦いてぼんやり坐っていると、破障子の間からツイ裏木戸の所に積んである薪が見え、それに夕日が当っている。それを見ていると私は少しずつ心細くなって来た。そしてどれもみな疲れた風をして黙り込んでいる顔を見るとなく見廻していたが、やがてK―君に声をかけた。

「ねエK―君、君一緒に行かないか、今日この汽車で嬬恋《つまごい》まで行って、明日川原湯泊り、それから関東耶馬渓《やばけい》に沿うて中之条に下って渋川高崎と出ればいいじゃないか、僅か二日余分になるだけだ。」

みなK―君の顔を見た。彼は例のとおり静かな微笑を口と眼に見せて、

「行きましょうか。行ってよければ行きます、どうせこれから東京に帰っても何でもないんですから。」

と言った。まったくこのうちで毎日の為事《しごと》を背負っていないのは彼一人であったのだ。

「いいなア、羨しいなア。」

とM―君が言った。

「エライことになったぞ、しかし、行き給い、行った方がいい、この親爺さん一人出してやるのは何だか少し可哀相になって来た。」

と、N—が酔った眼を瞑《と》じて、頭を振りながら言った。

小さな車室、畳を二枚長目に敷いた程の車室に我ら二人が入って坐っていると、あとの四人もてんでに青い切符を持って入って来た。彼らの乗るべき信越線の上りにも下りにもまだ間があるのでその間に旧宿まで見送ろうというのだ。感謝しながらざわついていると、直ぐ軽井沢旧宿駅に来てしまった。ここで彼らは降りて行った。左様なら、左様なら、また途中で飲み始めなければいいがと気遣われながら、左様なら左様ならと帽子を振った。小諸の方に行くのは三人づれだからまだいいが、一人東京へ帰ってゆくM—君には全く気の毒であった。

我らの小さな汽車、ただ二つの車室しか持たぬ小さな汽車はそれからごっとんごっとんと登りにかかった。曲りくねって登って行く。車の両側はすべて枯れほうけた芒《すすき》ばかりだ。そして近所は却ってうす暗く、遠くの麓の方に夕方の微光が眺められた。

疲れと寒さが闇と一緒に深くなった。登り登って漸く六里が原の高原にかかったと思われる頃には全く黒白《あやめ》もわかぬ闇となったのだが、車室には灯を入れぬ。イヤ、一度小さな洋灯《ランプ》を点したには点したが、すぐ風で消えたのだった。一二度停車して普通の駅で呼ぶ様に駅の名を車掌が呼んで通りはしたが、そこには停車場らしい建物も灯影も見えなかった。漸く一つ、やや明るい所に来て停った。「二度上《にどあげ》」という駅名が見え、海抜三八〇九呎《しゃく》と書いた棒がその側に立てられてあった。見ると汽車の窓のツイ側には屋台店を設け洋灯を点し、四十近い女が子を負って何か売っていた。高い台の上に二つほど並べた箱には柿やキャラメルが入れてあった。そのうちに入れ違いに向うから汽車が来る様になると彼女は急いでまず洋灯を持って線路の向う側に行った。そこにもまた同じ様に屋台店が拵《こしら》えてあるのが見えた。そして次ぎ次ぎにそこへ二つの箱を運んで移って行った。

この草津鉄道の終点嬬恋《つまごい》駅に着いたのはもう九時であった。駅前の宿屋に寄って部屋に通ると炉が切ってあり、やがて炬燵をかけてくれた。済まないが今夜風呂を立てなかった、向うの家に貰いに行ってくれという。提灯を下げた小女のあとをついてゆくとそれは線路を越えた向側の家であった。途中で女中がころんで提灯を消したため手探りで辿り着いて替る替るぬるい湯に入りながら辛うじて身体を温める事が出来た。その家は運送屋か何からしい新築の家で、家財とても見当らぬ様ながらんとした大きな囲炉裡端に番頭らしい男が一人新聞を読んでいた。

十月十八日

昨夜炬燵に入って居る時から渓流の音は聞えていたが夜なかに眼を覚して見ると、雨も降り出した様子であった。気になっていたので、戸の隙間の白むを待って繰りあけて見た。案の如く降っている。そしてこの宿が意外にも高い崖の上に在って、その真下に渓川の流れているのを見た。まさしくそれは吾妻川《あがつまがわ》の上流であらねばならぬ。雲とも霧ともつかぬものがその川原に迷い、向う岸の崖に懸り、やがて四辺《あたり》をどんよりと白く閉して居る。便所には草履がなく、顔を洗おうには洗面所の設けもないというこの宿屋で、難有《ありがた》いのはただ炬燵であった。それほどに寒かった。聞けばもう九月のうちに雪が来たのであったそうだ。

寒い寒いと言いながらも窓をあけて、顎《あご》を炬燵の上に載せたまま二人ともぼんやりと雨を眺めていた。これから六里、川原湯まで濡れて歩くのがいかにも佗しいことに考えられ始めたのだ。それかといってこの宿に雨のあがるまで滞在する勇気もなかった。酔った勢いでこうした所へ出て来たことがそぞろに後悔せられて、いっそまた軽井沢へ引返そうかとも迷っているうちに、意外に高い汽笛を響かせながら例の小さな汽車は宿屋の前から軽井沢をさして出て行ってしまった。それに乗り遅れれば、午後にもう一度出るのまで待たねばならぬという。が、草津行きの自動車ならば程なくここから出るということを知った。そしてまた頭の中に草津を中心に地図を拡げて、第二の予定を作ることになった。

そうなると急に気も軽く、窓さきに濡れながらそよいでいる痩せ痩せたコスモスの花も、遥か下に煙って見ゆる渓の川原も、対岸の霧のなかに見えつ隠れつしている鮮かな紅葉の色も、すべてみな旅らしい心をそそりたてて来た。

やがて自動車に乗る。かなり危険な山坂を、しかも雨中のぬかるみに馳せ登るのでたびたび胆を冷やさせられたが、それでも次第に山の高みに運ばれて行く気持は狭くうす暗い車中に居てもよく解った。ちらちらと見え過ぎて行く紅葉の色は全く滴る様であった。

草津ではこの前一度泊った事のある一井旅館というへ入った。私には二度目の事であったが、初めてここへ来たK―君はこの前私が驚いたと同じくこの草津の湯に驚いた。宿に入ると直ぐ、宿の前に在る時間湯から例の佗しい笛の音が鳴り出した。それに続いて聞えて来る湯揉《ゆもみ》の音、湯揉の唄。

私は彼を誘ってその時間湯の入口に行った。中には三四十人の浴客がすべて裸体になり幅一尺長さ一間ほどの板を持って大きな湯槽《ゆぶね》の四方をとり囲みながら調子を合せて一心に湯を揉んでいるのである。そして例の湯揉の唄を唄う。まず一人が唄い、唄い終ればすべて声を合せて唄う。唄は多く猥雑なものであるが、しかもうたら声は真剣である。全身汗にまみれ、自分の揉む板の先の湯の泡に見入りながら、声を絞ってうたい続けるのである。

時間湯の温度はほぼ沸騰点に近いものであるそうだ。そのために入浴に先立って約三十分間揉みに揉んで湯を柔らげる。柔らげ終ったと見れば、各浴場ごとに一人ずつついている隊長がそれと見て号令を下す。汗みどろになった浴客は漸く板を置いて、やがて暫くの間各自柄杓《ひしやく》を取って頭に湯を注ぐ。百杯もかぶった頃、隊長の号令で初めて湯の中へ全身を浸すのである。湯槽には幾つかの列に厚板が並べてあり、人はとりどりにその板にしがみ付きながら隊長の立つ方向に面して息を殺して浸るのである。三十秒が経つ。隊長が一種気合をかける心持である言葉を発する。衆みなこれに応じて「オオウ」と答える。答えるというより唸るのである。三十秒ごとにこれを繰返し、かっきり三分間にして号令のもとに一斉に湯から出るのである。その三分間は、僅かに口にその返事を称《とな》うるほか、手足一つ動かす事を禁じてある。動かせばその波動から熱湯が近所の人の皮膚を刺すがためであるという。

この時間湯に入ること二三日にして腋の下や股のあたりの皮膚が爛《ただ》れて来る。やがては歩行も、ひどくなると大小便の自由すら利かぬに到る。それに耐えて入浴を続くること約三週間で次第にその爛れが乾き始め、ほぼ二週間で全治する。その後の身心の快さは、殆んど口にする事の出来ぬほどのものであるそうだ。そう型通りにゆくわけのものではあるまいが、効能の強いのは事実であろう。笛の音の鳴り響くのを待って各自宿屋から（宿屋には穏かな内湯がある。）時間湯へ集る。杖に縋《すが》り、他に負われて来るのもある。そして湯を揉み、唄をうたい、煮ゆるごとき湯の中に浸って、やがてまた全身を脱脂綿に包んで宿に帰って行く。これを繰返すこと凡そ五十日間、こうした苦行が容易な覚悟で出来るものでない。
草津にこの時間湯というのが六箇所に在り、日に四回の時間をきめて、笛を吹く。それにつれて湯揉の音が起り、唄が聞えて来る。

**たぎり沸《わ》くいで湯のたぎりしづめむと病人《やまうど》つどひ揉めりその湯を**
**湯を揉むとうたへる唄は病人《やまうど》がいのちをかけしひとすぢの唄**
**上野《かみつけ》の草津に来り誰も聞く湯揉《ゆもみ》の唄を聞けばかなしも**

十月十九日
降れば馬を雇って沢渡《さわたり》温泉まで行こうと決めていた。起きて見れば案外な上天気である。大喜びで草鞋《わらじ》を穿く。

六里ヶ原と呼ばれている浅間火山の大きな裾野に相対して、白根火山の裾野が南面して起って居る。これは六里ヶ原ほど広くないだけに傾斜はそれより急である。その嶮しく起って来た高原の中腹のちょっとした窪みに草津温泉はあるのである。で、宿から出ると直ぐ坂道にかかり、五六町もとろとろと登った所が白根火山の裾野の引く傾斜の一点に当るのである。そこの眺めは誠に大きい。

正面に浅間山が方六里に渡るという裾野を前にその全体を露《あら》わして聳《そび》えている。聳ゆるというよりいかにもおっとりと双方に大きな尾を引いて静かに鎮座しているのである。朝あがりのさやかな空を背景に、その頂上からは純白な煙が微かに立ってやがて湯気の様に消えている。空といい煙といい、山といい野原といい、すべてが濡れた様に静かであった。湿った地《つち》をぴたぴたと踏みながら我ら二人は、いま漸く旅の第一歩を踏み出す心躍りを感じたのである。地図を見ると丁度その地点が一二〇八一米《メートル》突の高さだと記してあった。

とりどりに紅葉した雑木林の山を一里半ほども降って来ると急に嶮しい坂に出会った。見下す坂下には大きな谷が流れ、その対岸に同じ様に切り立った崖の中ほどには家の数十戸か二十戸か一握りにしたほどの村が見えていた。九十九折《つづらおり》になったその急坂を小走りに走り降ると、坂の根にも同じ様な村があり、普通の百姓家と違わない小学校なども建っていた。対岸の村は生須《なます》村、学校のある方は小《こ》雨《さめ》村というのであった。

**九十九《つづら》折《をり》けはしき坂を降り来れば橋ありてかかる峡《かひ》の深みに**
**おもはぬに村ありて名のやさしかる小《こ》雨《さめ》の里といふにぞありける**
**蚕《こ》飼《がひ》せし家にかあらむを壁を抜きて学校となしつ物教へをり**
**学校にもの読める声のなつかしさ身にしみとほる山里過ぎて**

生須《なます》村を過ぎると路はまた単調な雑木林の中に入った。今までは下りであったが、今度はとろりとろりと僅かな傾斜を登ってゆくのである。日は朗らかに南から射して、路に堆《うずたか》い落葉はからからに乾いている。音を立てて踏んでゆく下からは色美しい栗の実が幾つとなく露われて来た。多くは今年葉である真新しい落葉も日ざしの色を湛え匂を含んでとりどりに美しく散り敷いている。おりおりその中に竜胆《りんどう》の花が咲いていた。

流石に広かった林も次第に浅く、やがて、立枯の木の白々と立つ広やかな野が見えて来た。林から野原へ移ろうとする処であった。我らは双方からおおどかになだれて来た山あいに流るる小さな渓端を歩いていた。そして渓の上にさし出でて、眼覚むるばかりに紅葉した楓《かえで》の木を見出した。

我らは今朝草津を立つときからずっと続いて紅葉のなかをくぐって来たのである。楓を初め山の雑木は悉く紅葉していた。恰も昨日今日がその真盛りであるらしく見受けられた。けれどいま眼の前に見出でて立ち留って思わずも声を挙げて眺めた紅葉の色はまた別であった。楓とは思われぬ大きな古株から六七本に分れた幹が一斉に渓に傾いて伸びている。その幹とてもすべて一抱えの大きさで丈も高い。漸く今日あたりから一葉二葉と散りそめたという様に風も無いのに散っている静かな輝やかしい姿は、自ずから呼吸を引いて眺め入らずにはいられぬものであった。二人は路から降り、そのさし出でた木の真下の川原に坐って昼飯をたべた。手を洗い顔を洗い、つぎつぎに織りついだ様に小さな瀬をなして流れている水を掬んでゆっくりと喰べながら、日の光を含んで滴る様に輝いている真上の紅葉を仰ぎ、また四辺《あたり》の山にぴったりと燃え入っている林のそれを眺め、二人とも言葉を交さぬ数十分の時間をそこで送った。

枯れし葉とおもふもみぢのふくみたるこの紅ゐをなんと申さむ
露霜のとくるがごとく天つ日の光をふくみにほふもみぢ葉
渓川の真白川原にわれ等ゐてうちたたへたり山の紅葉を
もみぢ葉のいま照り匂ふ秋山の澄みぬるすがた寂しとぞ見し

そこを立つと野原にかかった。眼につくは立枯の木の木立である。すべて自然に枯れたものでなく、みな根がたのまわりを斧で伐りめぐらして水気をとどめ、そうして枯らしたものである。半ばは枯れ半ばはまだ葉を残しているのも混っている。見れば楢《なら》の木である。二抱え三抱えに及ぶそれらの大きな老木がむっちりと枝を張って見渡す野原のそこここに立っている。野には一面に枯れほうけた芒《すすき》の穂が靡き、その芒の浪を分けてかすかな線条《すじ》を引いた様にも見えているのは植えつけてまだ幾年も経たぬらしい落葉松《からまつ》の苗である。この野に昔から茂っていた楢《なら》を枯らして、代りにこの落葉松の植林を行おうとしているのであるのだ。

帽子に肩にしっとりと匂っている日の光をうら寂しく感じながら野原の中の一本路を歩いていると、おりおり鋭い鳥の啼声を聞いた。久し振りに聞く声だとは思いながら定かに思いあたらずにいると、やがて木から木へとび移るその姿を見た。啄木鳥《きつつき》である。一羽や二羽でなく、広い野原のあちこちで啼いている。更にまたそれよりも澄んで暢びやかな声を聞いた。高々と空に翔《ま》いすましている鷹の声である。

落葉松《からまつ》の苗を植うると神代振り古りぬる楢をみな枯らしたり
楢《なら》の木ぞ何にもならぬ醜《しこ》の木と古りぬる木々をみな枯らしたり
木々の根の皮剝ぎとりて木々をみな枯木とはしつ枯野とはしつ
伸びかねし枯野が原の落葉松は枯芒よりいぶせくぞ見ゆ
下草のすすきほうけて光りたる枯木が原の啄木鳥《きつつき》の声
枯るる木にわく虫けらをついばむと啄木鳥は啼く此処の林に
立枯の木々しらじらと立つところたまたまにして啄木鳥の飛ぶ
啄木鳥の声のさびしさ飛び立つとはしなく啼ける声のさびしさ
紅ゐの胸毛を見せてうちつけに啼く啄木鳥の声のさびしさ
白木なす枯木が原のうへにまふ鷹《たか》ひとつ居りて啄木鳥は啼く
ましぐらにまひくだり来てものを追ふ鷹あらはなり枯木が原に
耳につく啄木鳥の声あはれなり啼けるをとほく離《さか》り来りて

ずっと一本だけ続いて来た野中の路が不意に二つに分れる処に来た。小さな道標が立ててある。曰く、右沢渡《さわたり》温泉道、左花敷《はなしき》温泉道。

枯芒を押し分けてこの古ぼけた道標の消えかかった文字を辛うじて読んでしまうと、私の頭にふらりと一つの追憶が来て浮んだ。そして思わず私は独りごちた、「ほほオ、こんな処から行くのか、花敷温泉には」と。

私は先刻《さつき》この野にかかってからずっと続いて来ている物静かな沈んだ心の何とはなしに波だつのを覚えながら、暫くその小さな道標の木を見て立っていたが、K―君が早や四五間も沢渡道の方へ歩いているのを見ると、そのままに同君のあとを追うた。そして小一町も二人して黙りながら進んだ。が、終《つい》には私は彼を呼びとめた。

「K―君、どうだ、これから一つあっちの路を行って見ようじゃアないか。そして今夜その花敷温泉というのへ泊って見よう。」

不思議な顔をして立ち留った彼に、私は立ちながらいま頭に影の如くに来て浮んだという花敷温泉に就いての思い出を語った。三四年も前である。今度とは反対に吾妻《あがつま》川の下流の方から登って草津温泉に泊り、案内者を雇うて白根山の噴火口の近くを廻り、渋峠を越えて信州の渋温泉へ出た事がある。五月であったが白根も渋も雪が深くて、渋峠にかかると前後三里がほどはずっと深さ数尺の雪を踏んで歩いたのであった。その雪の上に立ちながら年老いた案内者が、やはり白根の裾つづきの広大な麓の一部を指して、そこにも一つ温泉がある、高い崖の真下の岩のくぼみに湧き、草津と違って湯が澄み透って居る故に、その崖に咲く躑躅《つつじ》やその他の花がみな湯の上に影を落す、まるで底に花を敷いている様だから花敷温泉というのだ、と言って教えてくれた事があった。下になるだけ雪が斑らになっている遠い麓に、谷でも流れているか、丁度模型地図を見るとおなじく幾つとない細長い窪みが糸屑を散らした様にこんがらがっている中の一個所にそんな温泉があると聞いて私の好奇心はひどく動いた。第一、そんなところに人が住んで、そんな湯に浸っているという事が不思議に思われたほど、その時そこを遥かな世離れた処に眺めたものであったのだ。それがいま思いがけなく眼の前の棒杭に「左花敷温泉道、是より二里半」と認めてあるのである。

「どうだね、君行って見ようよ、二度とこの道を通りもすまいし、……その不思議な温泉をも見ずにしまう事になるじゃアないか。」

　その話に私と同じく心を動かしたらしい彼は、一も二もなく私のこの提議に応じた。そして少し後戻って、再びよく道標の文字を調べながら、文字のさし示す方角へ曲って行った。

今までよりは嶮しい野路の登りとなっていた。立枯の栖がつづき、おりおり栗の木も混って毬《いが》と共に笑みわれたその実を根がたに落していた。

**夕日さす枯野が原のひとつ路わが急ぐ路に散れる栗の実**
**音さやぐ落葉が下に散りてをるこの栗の実の色のよろしさ**
**柴栗の柴の枯葉のなかばだに如《し》かぬちひさき栗の味よさ**
**おのづから干て搗栗《かちぐり》となりてをる野の落栗の味のよろしさ**
**この枯野猪《しし》も出でぬか猿もゐぬか栗美しう落ちたまりたり**
**かりそめにひとつ拾ひつ二つ三つ拾ひやめられぬ栗にしありけり**

芒の中の嶮しい坂路を登りつくすと一つの峠に出た。一歩そこを越ゆると片側はうす暗い森林となっていた。そしてそれがまた一面の紅葉の渦を巻いているのであった。北側の、日のささぬそこの紅葉は見るからに寒々として、濡れてもいるかと思わるる色深いものであった。しかし、途中でややこの思い立ちの後悔せらるるほど路は遠かった。一つの渓流に沿うて峡間《はざま》を降り、やがてまた大きな谷について凹凸烈しい山路を登って行った。十戸二十戸の村を二つ過ぎた。引沼村というのには小学校があり、山蔭のもう日も暮れた地面を踏み鳴らしながら一人の年寄った先生が二十人ほどの生徒に体操を教えていた。

**先生の一途《いちづ》なるさまもなみだなれ家十ばかりなる村の学校に**
**ひたひたと土踏み鳴らし真裸足に先生は教ふその体操を**
**先生の頭の禿もたふとけれ此処に死なむと教ふるならめ**

遥か真下に白々とした谷の瀬々を見下しながらなお急いでいると、漸くそれらしい二三軒の家を谷の向岸に見出した。こごしい岩山の根に貼り着けられた様に小さな家が並んでいるのである。

崖を降り橋を渡り一軒の湯宿に入ってまず湯を訊《き》くと、庭さきを流れている渓流の川下の方を指ざしながら、川向うの山の蔭に在るという。不思議に思いながら借下駄を提げて一二丁ほど行って見ると、そこには今まで我らの見下して来た谷とはまた異った一つの谷が、折り畳んだ様な岩山の裂け目から流れ出して来ているのであった。ひたひたと瀬につきそうな危い板橋を渡ってみると、なるほどそこの切りそいだ様な崖の根に湯が湛えていた。相並んで二個所に湧いている。一つには茅葺《かやぶき》の屋根があり、一方には何も無い。

相顧みて苦笑しながら二人は屋根のない方へ寄って手を浸してみると恰好《かっこう》な温度である。もう日も翳《かげ》った山蔭の渓ばたの風を恐れながらも着物を脱いで石の上に置き、ひっそりと清らかなその湯の中へうち浸った。ちょっと立って手を延ばせば渓の瀬に指が届くのである。

「何だか渓まで温かそうに見えますね。」と年若い友は言いながら手をさし延ばしたが、慌てて引っ込めて「氷の様だ。」と言って笑った。

渓向うもそそり立った岩の崖、うしろを仰げば更に胆も冷ゆべき断崖がのしかかっている。崖から真横にいろいろ灌木が枝を張って生い出で、大方散りつくした紅葉がなお僅かにその小枝に名残をとどめている。それが一ひら二ひらと断間《たえま》なく我らの上に散って来る。見ればそこに一二羽の樫鳥《かしどり》が遊んでいるのであった。

**真裸体《まはだか》になるとはしつつ覚束な此処の温泉《いでゆ》に屋根の無ければ**

**折からや風吹きたちてはらはらと紅葉は散り来《く》いで湯のなかに**

樫鳥が踏みこぼす紅葉くれなゐに透きてぞ散り来わが見てあれば
二羽とのみ思ひしものを三羽四羽樫鳥ゐたりその紅葉の木に

夜に入ると思いかけぬ烈しい木枯が吹き立った。背戸の山木の騒ぐ音、雨戸のはためき、庭さきの瀬々のひびき、枕もとに吊られた洋灯の灯影もたえずまたたいて、眠り難い一夜であった。

十月二十日
未明に起き、洋灯《ランプ》の下で朝食をとり、まだ足もとのうす暗いうちにそこを立ち出でた。驚いたのは、その足もとに斑らに雪の落ちていることであった。惶《あわ》てて四辺《あたり》を見廻すと昨夜眠った宿屋の裏の崖山が斑々として白い。更に遠くを見ると、漸く朝の光のさしそめたおちこちの峰から峰が真白に輝いている。

ひと夜寝てわが立ち出づる山かげのいで湯の村に雪降りにけり
起き出でて見るあかつきの裏山の紅葉の山に雪降りにけり
朝だちの足もと暗しせまりあふ峡間《はざま》の路にはだら雪積み

上野《かみつけ》と越後の国のさかひなる峰の高きに雪降りにけり
はだらかに雪の見ゆるは檜《ひ》の森の黒木の山に降れる故にぞ
檜の森の黒木の山にうすらかに降りぬる雪は寒げにし見ゆ

昨日の通りに路を急いでやがてひろびろとした枯芒《かれすすき》の原、立枯の楢《なら》の打続いた暮坂峠の大きな沢に出た。峠を越えて約三里、正午近く沢渡温泉に着き、正栄館というのの三階に上った。ここは珍しくも双方に窪地を持つ様な、小高い峠に湯が湧いているのであった。無色無臭、温度もよく、いい湯であった。ここにこのまま泊ろうか、もう三四里を歩いて四万《しま》温泉へ廻ろうか、それとも直ぐ中之条へ出て伊香保まで延ばそうかと二人していろいろに迷ったが、終《つい》に四万へ行くことにきめて、昼飯を終るとすぐまた草鞋を穿いた。

私はここで順序として四万温泉の事を書かねばならぬ事を不快におもう。いかにも不快な印象をそこの温泉宿から受けたからである。我らの入って行ったのは、というより馬車から降りるとすぐそこに立っていた二人の男に誘われて行ったのは田村旅館というのであった。馬車から降りた道を真直ぐに入ってゆく広大な構えの家であった。

とろとろと登ってやがてその庭らしい処へ着くと一人の宿屋の男は訊いた。

「エエ、どの位いの御滞在の御予定でいらっしゃいますか。」

「いいや、一泊だ、初めてで、見物に来たのだ。」

と答えると彼らはにたりと笑って顔を見合せた。そしてその男はいま一人の男に馬車から降りた時強いて私の手から受取って来た小荷物を押しつけながら早口に言った。

「一泊だとよ、何の何番に御案内しな。」

そう言い捨てておいて今一組の商人態の二人連に同じ様な事を訊き、滞在と聞くや小腰をかがめて向って左手の渓に面した方の新しい建築へ連れて行った。我らと共に残された一人の男はまざまざと当惑と苦笑とを顔に表わして立っていたが、

「ではこちらへ。」

と我らをその反対の見るからに古びた一棟の方へ導こうとした。私は呼び留めた。

「イヤ僕らは見物に来たので、出来るならいい座敷に通して貰いたい、ただ一晩の事だから。」

「へ、承知しました、どうぞこちらへ。」

案のごとく、ひどい部屋であった。小学校の修学旅行の泊りそうな、幾間か打ち続いた一室でしかも間の唐紙なども満足には緊《しま》っていない部屋であった。畳、火鉢、座蒲団、すべてこれに相応したもののみであった。

私は諦めてその火鉢の側に腰をおろしたが、K—君はまだ洋傘を持ったまま立っていた。

「先生、移りましょう、馬車を降りたツイ横にいい宿屋があった様です。」

人一倍無口で穏かなこの青年が、明かに怒りを声に表わして言い出した。

私もそれを思わないではなかったが、移って行ってまたこれと同じい待遇を受けたならそれこそ更に不快に相違ない。

「止そうよ、これが土地の風かも知れないから。」

となだめて、急いで彼を湯に誘った。

この分では私には夕餉の膳の上が気遣《きづか》われた。で、定った物のほかに二品ほど付ける様にと註文し、酒の事で気を揉むのを慮って予じめ二三本の徳利を取り寄せ自分で燗をすることにしておいた。

やがて十五六歳の小僧が岡持で二品ずつの料理を持って来た。受取って箸をつ

けているると小僧はそこにつき坐ったまま、

「代金を頂きます。」

という。

「代金？」

と私は審《いぶか》った。

「宿料かい？」

「いいえ、そのお料理だけです。よそから持って来たのですから。」

思わず私はK──君の顔を見て吹き出した。

「オヤオヤ、君、これは一泊者のせいのみではなかったのだよ、懐中を踏まれたよ。」

十月二十一日
朝、縁に腰かけて草鞋を穿いていても誰一人声をかける者もなかった。帳場から見て見ぬ振りである。もっとも私も一銭をも置かなかった。旅といえば楽しいもの難有《ありがた》いものと思い込んでいる私は出来るだけその心を深く味わいたいために不自由の中から大抵の処では多少の心づけを帳場なり召使たちなりに渡さずに出た事はないのだが、こうまでも挑戦状態で出て来られると、そういう事をしている心の余裕がなかったのである。

面白いのは犬であった。草鞋を穿いているツィ側に三疋の仔犬を連れた大きな犬が遊んでいた。そしてその仔犬たちは私の手許にとんで来てじゃれついた。頭を撫でてやっていると親犬までやって来て私の額や頬に身体をすりつける。やがて立ち上って門さきを出離れ、何の気なくうしろを振返ると、その大きな犬が私のうしろについて歩いている。仔犬も門の処まで出ては来たがそれからはよう来ぬらしく、尾を振りながらぴったり三疋引き添うてこちらを見て立っている。

「犬は犬好きの人を知ってるというが、ほんとうですね。」

と、幾度追っても私の側を離れない犬を見ながらK―君が言った。

「とんだ見送りがついた、この方がよっぽど正直かも知れない。」

私も笑いながら犬を撫でて、

「少し旅を貪り過ぎた形があるネ、無理をしてここまで来ないで沢渡《さわたり》にあのまま泊っておけば昨夜の不愉快は知らずに過ごせたものを……。」

「それにしても昨夜はひどかったですネ、あんな目に私初めて会いました。」

「そうかネ、僕なんか玄関払を喰った事もあるにはあるが……、しかしあれは丁度いまこの土地の気風を表わしているのかも知れない。ソレ上州には伊香保があり草津があるでしょう、それに近頃よく四万々々《しま》という様になったものだから四万先生すっかり草津伊香保と肩を並べ得たつもりになって鼻息が荒い傾向があるのだろうと思う。謂わば一種の成金気分だネ。」

「そういえばあそこの湯に入ってる客たちだってそんな奴ばかりでしたよ、長距離電話の利く処に行っていたんじゃァ入湯の気持はせぬ、朝晩は何だ彼だとかかって来てうるさくて為様《しよう》がない、なんて。」

「とにかく幻滅だった、僕は四万と聞くとずっと渓間の、静かなおちついた処とばかり思っていたんだが……ソレ僕の友人のS―ネ、あれがこの吾妻郡の生れなんだ、だから彼からもよくその様に聞いていたし、……、惜しい事をした。」

路には霜が深かった。峰から辷《すべ》った朝日の光が渓間の紅葉に映って、次第にまた濁りのない旅心地になって来た。そして石を投げて辛うじて犬をば追い返した。不思議そうに立って見ていたが、やがて尾を垂れて帰って行った。

十一時前中之条着、折よく電車の出る処だったので直ぐ乗車、日に輝いた吾妻《あがつま》川に沿うて走る。この川は数日前に嬬恋《つまごい》村の宿屋の窓から雨の中に侘しく眺めた渓流のすえであるのだ。渋川に正午に着いた。東京行沼田行とそれぞれの時間を調べておいて駅前の小料理屋に入った。ここで別れてK—君は東京へ帰り私は沼田の方へ入り込むのである。

看板に出ていた川魚は何も無かった。鶏をとりうどんをとって別杯を挙げた。軽井沢でのふとした言葉がもとになって思いも寄らぬ処を両人《ふたり》して歩いて来たのだ。時間からいえば僅かだが、何だか遠く幾山河を越えて来た様なおもいが、盃の重なるにつれて湧いて来た。午後三時、私の方が十分間早く発車する事になった。手を握って別れる。

渋川から沼田まで、不思議な形をした電車が利根川に沿うて走るのである。その電車が二度ほども長い停電をしたりして、沼田町に着いたのは七時半であった。指さきなど、痛むまでに寒かった。電車から降りると直ぐ郵便局に行き、留め置きになっていた郵便物を受取った。局の事務員が顔を出して今夜何処へ泊るかと訊く。変に思いながら渋川で聞いて来た宿屋の名を思い出してその旨を答えると、そうですかと小さな窓を閉めた。

宿屋の名は鳴滝といった。風呂から出て一二杯飲みかけていると、来客だという。郵便局の人かと訊くと、そうではないという。不思議に思いながらも余りに労れていたので、明朝来てくれと断った。実際K—君と別れてから急に私は烈しい疲労を覚えていたのだ。しかしやはり気が済まぬので自分で玄関まで出て呼び留めて部屋に招じた。四人連の青年たちであった。やはり郵便局からの通知で、私のここにいるのを知ったのだそうだ。そして、

「いま自転車を走らせましたから迫っ付けU―君もここへ見えます。」

という。

「アア、そうですか。」

と答えながら、やっぱり呼び留めてよかったと思った。U―君もまた創作社の社友の一人であるのだ。この群馬県利根郡からその結社に入っている人が三人ある事を出立の時に調べて、それぞれの村をも地図で見て来たのであった。そして都合好くばそれぞれに逢って行きたいものと思っていたのだ。

「それは難有《ありがと》う。しかしU―君の村はここから遠いでしょう。」

「なアに、一里位いのものです。」

一里の夜道は大変だと思った。

やがてそのU―君が村の俳人B―君を伴れてやって来た。もう少しませた人だとその歌から想像していたのに反してまだ紅顔の青年であった。

歌の話、俳句の話、土地の話が十一時過ぎまで続いた。そしてそれぞれに帰っ

て行った。村までは大変だろうからと留めたけれど、U―君たちも元気よく帰って行った。

十月二十二日

今日もよく晴れていた。嬬恋以来、実によく晴れてくれるのだ。四時から強い風で眼を覚まして床の中で幾通かの手紙の返事を書き、五時起床、六時過ぎに飯をたべていると、U―君がにこにこしながら入って来た。自宅《うち》でもいいって言いますから今日はお伴させて下さい、という。それはよかったと私も思った。今日はこれから九里の山奥、越後境三国《みくに》峠の中腹に在る法師《ほうし》温泉まで行く事になっていたのだ。

私は河の水上《みなかみ》というものに不思議な愛着を感ずる癖を持っている。一つの流に沿うて次第にそのつめまで登る。そして峠を越せばそこにまた一つの新しい水源があって小さな瀬を作りながら流れ出している、という風な処に出会うと、胸の苦しくなる様な歓びを覚えるのが常であった。

やはりそんなところから大正七年の秋に、ひとつ利根川のみなかみを尋ねて見ようとこの利根の峡谷に入り込んで来たことがあった。沼田から次第に奥に入って、やはり越後境の清水越の根に当っている湯檜曾《ゆびそ》というのまで辿り着いた。そしてそこから更に藤原郷というのへ入り込むつもりであったのだが、時季が少し遅れて、もうその辺にも斑らに雪が来ており、奥の方には真白妙《ましろたえ》に輝いた山の並んでいるのを見ると、流石に心細くなって湯檜曾から引返した事があった。しかしその湯檜曾の辺でも、銚子の河口であれだけの幅を持った利根が石から石を飛んで徒渉出来る愛らしい姿になっているのを見ると、やはり嬉しさに心は躍ってその石から石を飛んで歩いたものであった。そしていつかお前の方まで分け入るぞよと輝き渡る藤原郷の奥山を望んで思ったものであった。

藤原郷の方から来たのに清水越の山から流れ出して来た一支流が湯檜曾のはずれで落ち合って利根川の渓流となり沼田の少し手前で赤谷川を入れ、やや下った処で片品《かたしな》川を合せる。そして漸く一個の川らしい姿になって更に渋川で吾妻川を合せ、ここで初めて大利根の大観をなすのである。吾妻川の上流をばかつて信州の方から越えて来て探った事がある。片品川の奥に分け入ろうというのは実は今度の旅の眼目であった。そして今日これから行こうとしているのは、沼田から二里ほど上、月夜野橋という橋の近くで利根川に落ちて来ている赤谷川の源流の方に入って行って見たいためであった。その殆んどつめになった処に法師温泉はある筈である。

読者よ、試みに参謀本部五万分の一の地図「四万《しま》」の部を開いて見給え。真黒に見えるまでに山の線の引き重ねられた中にただ一つ他の部落とは遠くかけ離れて温泉の符号の記入せられているのを、少なからぬ困難の末に発見するであろう。それが即ち法師温泉なのだ。更にまた読者よ、その少し手前、沼田の方角に近い処に視線を落して来るならばそこに「猿ヶ京村」という不思議な名の部落のあるのを見るであろう。私は初め参謀本部のものに拠《よ》らず他の府県別の簡単なものを開いて見てこの猿ヶ京村を見出し、サテもこんな処に村があり、こんな処にも歌を詠もうと志している人がいるのかと、少なからず驚嘆したのであった。先に利根郡に我らの社中の同志が三人ある旨を言った。その三人の一人は今日一緒に歩こうというU—君で、他の二人は実にこの猿ヶ京村の人たちであるのである。

月夜野橋に到る間に私は土地の義民磔《はりつけ》茂左衛門の話を聞いた。徳川時代寛文年間に沼田の城主真田伊賀守が異常なる虐政を行った。領内利根吾妻勢多三郡百七十七箇村に検地を行い、元高三万石を十四万四千余石に改め、川役網役山手役井戸役窓役産毛《うぶけ》役等（窓を一つ設くれば即ち課税し、出産すれば課税するの意）の雑役を設け終《つい》に婚礼にまで税を課すに至った。納期には各村に代官を派遣し、滞納する者があれば家宅を捜索して農産物の種子まで取上げ、なお不足ならば人質を取って皆納するまで水牢に入るる等の事を行った。この暴虐に泣く百七十七箇村の民を見るに見兼ねて身を抽《ぬき》んでて江戸に出で酒井《さかい》雅楽守《うたのかみ》の登城先に駕訴《かごそ》をしたのがこの月夜野《つきよの》村の百姓茂左衛門《もざえもん》であった。けれどその駕訴は受けられなかった。そこで彼は更に或る奇策を案じて具《つぶ》さに伊賀守の虐政を認めた訴状を上野寛永寺なる輪王寺宮に奉った。幸に宮から幕府へ伝達せられ、時の将軍綱吉も驚いて沼田領の実際を探って見ると果して訴状の通りであったので直ちに領地を取上げ伊賀守をば羽後山形の奥平家へ預けてしまった。茂左衛門はそれまで他国に姿を隠して形勢を見ていたが、斯く願いの叶ったのを知ると潔く自首するつもりで乞食に身をやつして郷里に帰り僅かに一夜その家へ入って妻と別離を惜み、明方出かけようとしたところを捕えられた。そしていま月夜野橋の架っているツィ下の川原で磔《はりつけ》刑に処せられた。しかも罪ない妻まで打首となった。漸く蘇生の思いをした百七十七箇村の百姓たちはやれやれと安堵する間もなく茂左衛門の捕えられたを聞いて大いに驚き悲しみ、総代を出して幕府に歎願せしめた。幕府も特に評議の上これを許して、茂左衛門赦免の上使を遣わしたのであったが、時僅かに遅れ、井戸上村まで来ると処刑済の報に接したのであったそうだ。

旧沼田領の人々はそれを聞いていよいよ悲しみ、刑場蹟に地蔵尊を建立して僅かに謝恩の心を致した。ことにその郷里の人は更に月夜野村に一仏堂を築いて千日の供養をし、これを千日堂と称えたが、千日はおろか、今日に到るまで一日として供養を怠らなかった。が、次第にその御堂も荒頽して来たので、この大正六年から改築に着手し、十年十二月竣工、右の地蔵尊を本尊としてそこに安置する事になった。

こうした話をU―君から聞きながら私は彼の佐倉宗吾の事を思い出していた。事情が全く同じだからである。而《しか》して一は大いに表われ、一は土地の人以外に殆んど知る所がない。そう思いながらこの勇敢な、気の毒な義民のためにひどく心を動かされた。そしてU―君にそのお堂へ参詣したい旨を告げた。

月夜野橋を渡ると直ぐ取っ着きの岡の上に御堂はあった。田舎にある堂宇としては実に立派な壮大なものであった。そしてその前まで登って行って驚いた。寧ろ凄いほどの香煙が捧げられてあったからである。そして附近にはただ雀が遊んでいるばかりで人の影とてもない。百姓たちが朝の為事《しごと》に就く前に一人々々ここにこの香を捧げて行ったものなのである。一日としてこうない事はないのだそうだ。立ち昇る香煙のなかに佇みながら私は茂左衛門を思い、茂左衛門に対する百姓たちの心を思い瞼の熱くなるのを感じた。

堂のうしろの落葉を敷いて暫く休んだ。傍らに同じく腰をおろしていた年若い友はふと何か思い出した様に立ち上ったが、やがて私をも立ち上らせて対岸の岡つづきになっている村落を指ざしながら、「ソレ、あそこに日の当っている村がありましょう。あの村の中ほどにやや大きな藁葺の屋根が見えましょう、あれが高橋お伝の生れた家です。」

これはまた意外であった。聞けば同君の祖母はお伝の遊び友達であったという。

「今日これから行く途中に塩原多助の生れた家も、墓もありますよ。」

と、なお笑いながら彼は付け加えた。

月夜野村は村とはいえ、古めかしい宿場の形をなしていた。昔はここが赤谷川《あかたにがわ》流域の主都であったものであろう。宿を通り抜けると道は赤谷川に沿うた。

この辺、赤谷川の眺めは非常によかった。十間から二三十間に及ぶ高さの岸が、楯《たて》を並べた様に並び立った上に、かなり老木の赤松がずらりと林をなして茂っているのである。三町、五町、十町とその眺めは続いた。松の下草には雑木の紅葉が油絵具をこぼした様に散らばり、大きく露出した岩の根には微かな青みを宿した清水が瀬をなし淵を作って流れているのである。

登るともない登りを七時間ばかり登り続けた頃、我らは気にしていた猿ヶ京村の入口にかかった。そこも南に谷を控えた坂なりの道ばたにちらほらと家が続いていた。中に一軒、古びた煤けた屋根の修繕をしている家があった。丁度小休みの時間らしく、二三の人が腰をおろして煙草を喫《す》っていた。

「ア、そうですか、それは……。」

私の尋ねに応じて一人がわざわざ立上って煙管《キセル》で方角を指しながら、道から折れた山の根がたの方に我らの尋ぬるM―君の家の在る事を教えてくれた。街道から曲り、細い坂を少し登ってゆくと、傾斜を帯びた山畑がそこに開けていた。四五町も畦道《あぜみち》を登ったけれども、それらしい家が見当らない。桑や粟の畑が日に乾いているばかりである。幸い畑中に一人の百姓が働いていた。そこへ歩み寄ってやや遠くから声をかけた。

「ア、M―さんの家ですか。」

百姓は自分から頬かむりをとって、私たちの方へ歩いて来た。そして、畑に挟まれた一つの沢を越し、渡りあがった向うの山蔭の杉木立の中に在る旨を教えてくれた。それも道を伝って行ったのでは廻りになる故、そこの畑の中を通り抜けて……とゆびざししながら教えようとして、

「アッ、そこに来ますよ、M—さんが……」

と、叫んだ。囚人などの冠る様な編笠をかぶり、辛うじて尻を被うほどの短い袖無半纏《そでなしばんてん》を着、股引を穿いた、老人とも若者ともつかぬ男がそこの沢から登って来た。そして我らが彼を見詰めて立っているのを不思議そうに見やりながら近づいて来た。

「君はM—君ですか。」

こう私が呼びかけると、じっと私の顔を見詰めたが、やがて合点が行ったらしく、ハッとした風でそこに立ち留った。そして笠をとってお辞儀をした。こうして向い合って見ると、彼もまだ三十前の青年であったのである。

私が上州利根郡の方に行く事をば我らの間で出している雑誌で彼も見ていた筈である。しかし、こうして彼の郷里まで入り込んで来ようとは思いがけなかったらしい。驚いたあまりか、彼はそこに突立ったまま殆んど言葉を出さなかった。路を教えてくれた百姓も頬かむりの手拭を握ったまま、ぼんやりそこに立っているのである。私は昨夜沼田に着いた事、一緒にいるのが沼田在の同志U—君である事、これから法師温泉まで行こうとしている事、ちょっとでも逢ってゆきたくて立ち寄った事などを説明した。

「どうぞ、私の家へお出で下さい。」と漸く色々の意味が飲み込めたらしく彼は安心した風に我らを誘った。なるほど、ツイ手近に来ていながら見出せないのも道理なほどの山の蔭に彼の家はあった。一軒家か、乃至《ないし》は、そこらに一二軒の隣家を持つか、とにかくに深い杉の木立が四辺《あたり》を囲み、湿った庭には杉の落葉が一面に散り敷いていた。大きな囲炉裡端には彼の老母が坐っていた。

お茶や松茸の味噌漬が出た。私は囲炉裡に近く腰をかけながら、

「君はどこで歌を作るのです、ここですか。」

と、赤々と火の燃えさかる炉端を指した。土間にも、座敷にも、農具が散らかっているのみで書籍も机らしいものもそこらに見えなかった。

「さア……。」

羞《はずか》しそうに彼は口籠ったが、

「どこという事もありません、山ででも野良《のら》ででも作ります。」

と僅かに答えた。私が彼の歌を見始めてから五六年はたつであろう。幼い文字、幼い詠みかた、それらがM—という名前と共にすぐ私の頭に思い浮べらるるほど、特色のある歌を彼は作っているのであった。

収穫時の忙しさを思いながらも同行を勧めて見た。暫く黙って考えていたが、やがて母に耳打して奥へ入ると着物を着換えて出て来た。三人連になって我らはその杉木立の家を立ち出でた。恐らく二度とは訪ねられないであろうその杉叢《すぎむら》が、そぞろに私には振返られた。時計は午後三時をすぎていた。法師までなお三里、よほどこれから急がねばならぬ。

猿ヶ京村でのいま一人の同志H―君の事をM―君から聞いた。土地の郵便局の息子で、今折悪しく仙台の方へ行っている事などを。やがてその郵便局の前に来たので私はちょっと立寄ってその父親に言葉をかけた。その人はいないでも、やはり黙って通られぬ思いがしたのであった。

石や岩のあらわに出ている村なかの路には煙草の葉がおりおり落ちていた。見れば路に沿うた家の壁には悉くこれが掛け乾されているのであった。この頃漸く切り取ったらしく、まだ生々しいものであった。

吹路《ふくろ》という急坂を登り切った頃から日は漸く暮れかけた。風の寒い山腹をひた急ぎに急いでいると、おりおり路ばたの畑で稗《ひえ》や粟を刈っている人を見た。この辺ではこういうものしか出来ぬのだそうである。従って百姓たちの常食も大概これに限られているという。かすかな夕日を受けて咲いている煙草の花も眼についた。小走りに走って急いだのであったが、終《つい》に全く暮れてしまった。山の中の一すじ路を三人引っ添うて這う様にして辿った。そして、峰々の上の夕空に星が輝き、相迫った峡間《はざま》の奥の闇の深い中に温泉宿の灯影を見出した時は、三人は思わず大きな声を上げたのであった。

がらんどうな大きな二階の一室に通され、まず何よりもと湯殿へ急いだ。そしてその広いのと湯の豊かなのとに驚いた。十畳敷よりもっと広かろうと思わるる浴槽《ゆぶね》が二つ、それに満々と湯が湛えているのである。そして、下には頭大の石ころが敷いてあった。乏しい灯影の下にずぶりっと浸りながら、三人は唯だてんでに微笑を含んだまま、殆んどだんまりのままの永い時間を過した。のびのびと手足を伸ばすもあり、蛙の様に浮んで泳ぎの形を為すものもあった。

部屋に帰ると炭火が山の様におこしてあった。なるほど山の夜の寒さは湯あがりの後の身体に浸みて来た。何しろ今夜は飲みましょうと、豊かに酒をば取り寄せた。缶詰をも一つ二つと切らせた。U—君は十九か二十歳、M—君は二十六七、その二人のがっしりとした山国人の体格を見、明るい顔を見ていると私は何かしら嬉しくて、飲めよ喰べよと無理にも強いずにはいられぬ気持になっていたのである。

そこへ一升罎を提げた、見知らぬ若者がまた二人入って来た。一人はK—君という人で、今日我らの通って来た塩原多助の生れたという村の人であった。一人は沼田の人で、阿米利加《アメリカ》に五年行っていたという画家であった。画家を訪ねて沼田へ行っていたK―君は、そこの本屋で私が今日この法師へ登ったという事を聞き、画家を誘って、あとを追って来たのだそうだ。そして懐中から私の最近に著した歌集『くろ土』を取り出してその口絵の肖像と私とを見比べながら、

「やはり本物に違いはありませんねエ。」

と言って驚くほど大きな声で笑った。

十月二十三日

うす闇の残っている午前五時、昨夜の草鞋のまだ湿っているのを穿《は》きしめてその渓間の湯の宿を立ち出でた。峰々の上に冴えている空の光にも土地の高みが感ぜられて、自ずと肌寒い。K―君たち二人はきょう一日遊んでゆくのだそうだ。

吹路《ふくろ》の急坂にかかった時であった。十二三から二十歳までの間の若い女たちが、三人五人と組を作って登って来るのに出会った。真先の一人だけが眼明で、あとはみな盲目である。そして各自に大きな紺の風呂敷包を背負っている。訊けばこれが有名な越後の瞽女《ごぜ》であるそうだ。収穫前のちょっとした農閑期を狙って稼ぎ

に出て来て、雪の来る少し前にこうして帰ってゆくのだという。

「法師泊りでしょうから、これが昨夜だったら三味や唄が聞かれたのでしたがね。」

とM―君が笑った。それを聞きながら私はフッとある事を思いついたが、ひそかに苦笑して黙ってしまった。宿屋で聞こうよりこのまま此の山路で呼びとめて彼らに唄わせて見たかった。しかし、そういう事をするには二人の同伴者が余りに善良な青年である事にも気がついたのだ。驚いた事にはその三々五々の組が二三町の間も続いた。すべてで三十人はいたであろう。落葉の上に彼らを坐らせ、その一人二人に三味を掻き鳴らさせたならば、蓋《けだ》し忘れ難い記憶になったであろうものをと、そぞろに残り惜しくも振返られた。這う様にして登っている彼らの姿は、一町二町の間をおいて落葉した山の日向に続いて見えた。

猿ヶ京村を出外れた道下の笹の湯温泉で昼食をとった。相迫った断崖の片側の中腹に在る一軒家で、その二階から斜め真上に相生橋《あいおい》が仰がれた。相生橋は群馬県で第二番目に高い橋だという事である。切り立った断崖の真中どころに鎹《かすがい》の様にして架っている。高さ二十五間、欄干に倚って下を見ると胆の冷ゆる思いがした。しかもその両岸の崖にはとりどりの雑木が鮮かに紅葉しているのであった。

湯の宿温泉まで来ると私はひどく身体の疲労を感じた。数日の歩きづめとこの一二晩の睡眠不足とのためである。そこで二人の青年に別れて、日はまだ高かったが、一人だけそこの宿屋に泊る事にした。もっともM—君は自分の村を行きすぎそこまで見送って来てくれたのであった。U—君とは明日また沼田で逢う約束をした。

一人になると、一層疲労が出て来た。で、一浴後直ちに床を延べて寝てしまった。一時間も眠ったと思う頃、女中が来てあなたは若山という人ではないかと訊く。不思議に思いながらそうだと答えると一枚の名刺を出してこういう人が逢いたいと下に来ているという。見ると驚いた、昨日その留守宅に寄って来たH—君であった。仙台からの帰途沼田の本屋に寄って私達が一泊の予定で法師に行った事を聞き、ともすると途中で会うかも知れぬと言われて途々気をつけて来た。そしてもう夕方ではあるし、ことによるとこの辺に泊って居らるるかも知れぬと立ち寄って訊いてみた宿屋に偶然にも私が寝ていたのだという。あまりの奇遇に我らは思わず知らずひしと両手を握り合った。

十月二十四日

H―君も元気な青年であった。昨夜、九時過ぎまで語り合って、そして提灯をつけて三里ほどの山路を登って帰って行った。今朝は私一人、やはり朗らかに晴れた日ざしを浴びながら、ゆっくりと歩いて沼田町まで帰って来た。打合せておいた通り、U―君が青池屋という宿屋で待っていた。そして昨夜の奇遇を聞いて彼も驚いた。彼はM―と初対面であったと同じくH―をもまだ知らないのである。

夜、宿屋で歌会が開かれた。二三日前の夜訪ねて来た人たちを中心とした土地の文芸愛好家達で、歌会とはいっても専門に歌を作るという人々ではなかった。みな相当の年輩の人たちで、私は彼らから土地の話を面白く聞く事が出来た。そして思わず酒をも過して閉会したのは午前一時であった。法師で会ったK――君も夜更けてそこからやって来た。この人たちは九里や十里の山路を歩くのを、ホンの隣家に行く気でいるらしい。

十月二十五日

昨夜の会の人達が町はずれまで送って来てくれた。U―、K―両君だけは、もう少し歩きましょうと更に半道ほど送って来た。そこで別れかねてまた二里ほど歩いた。収穫時の忙しさを思って、農家であるU―君をばそこから強《し》いて帰らせたが、K――君はいっそここまで来た事ゆえ老神《おいがみ》まで参りましょうと、終《つい》に今夜の泊りの場所まで一緒に行く事になった。宿屋の下駄を穿き、帽子もかぶらぬままの姿である。

路はずっと片品川の岸に沿うた。これは実は旧道であるのだそうだが、ことさらに私はこれを選んだのであった。そうして楽しんで来た片品川峡谷の眺めはやはり私を落胆せしめなかった。ことに岩室というあたりから佳くなった。山が深いため、紅葉はやや過ぎていたが、なお到る処にその名残を留めてしかも岩の露われた嶮しい山、いただきかけて煙り渡った落葉の森、それらの山の次第に迫り合った深い底には必ず一つの渓が流れて滝となり淵となり、やがてそれがまた随所に落ち合っては真白な瀬をなしているのである。歩一歩と酔った気持になった私は、歩みつ憩いつ幾つかの歌を手帳に書きつけた。

きりぎしに通へる路をわが行けば天つ日は照る高き空より
路かよふ崖のさなかをわが行きてはろけき空を見ればかなしも
木々の葉の染まれる秋の岩山のそば路ゆくところかなしも
きりぎしに生《お》ふる百木《ももき》のたけ伸びずとりどりに深きもみぢせるかも

歩みつつこころ怯《お》ぢたるきりぎしのあやふき路に匂ふもみぢ葉
わが急ぐ崖の真下に見えてをる丸木橋さびしあらはに見えて
散りすぎし紅葉の山にうちつけに向ふながめの寒けかりけり
しめりたる紅葉がうへにわが落す煙草の灰は散りて真白き
とり出でて吸へる煙草におのづから心は開けわが憩ふかも
岩蔭の青渦がうへにうかびゐて色あざやけき落葉もみぢ葉
苔むさぬこの荒渓の岩にゐて啼く鶺鴒《いしたたき》あはれなるかも
高き橋此処にかかれりせまりあふ岩山の峡《かひ》のせまりどころに
いま渡る橋はみじかし山峡の迫りきはまれる此処にかかりて
古りし欄干《てすり》ほとほととわがうちたたき渡りゆくかもこの古橋を
いとほしきおもひこそ湧け岩山の峡にかかれるこの古橋に

老神《おいがみ》温泉に着いた時は夜に入っていた。途中で用意した蠟燭をてんでに点して本道から温泉宿の在るという川端の方へ急な坂を降りて行った。宿に入って湯を訊くと、少し離れていてお気の毒ですが、と言いながら背の高い老爺が提灯を持って先に立った。どの宿にも内湯は無いと聞いていたので何の気もなくその後に従って戸外へ出たが、これはまた花敷温泉とも異《ことな》ったたいへんな処へ湯が湧いているのであった。手放しでは降りることも出来ぬ嶮しい崖の岩坂路を幾度か折れ曲って辛うじて川原へ出た。そしてまた石の荒い川原を辿る。その中洲の様になった川原の中に低い板屋根を設けて、その下に湧いているのだ。

這いつ坐りつ、底には細かな砂の敷いてある湯の中に永い間浸っていた。いま我らが屋根の下に吊した提灯の灯がぼんやりとうす赤く明るみを持っているだけで、四辺《あたり》は油の様な闇である。そして静かにして居れば、疲れた身体にうち響きそうな荒瀬の音がツイ横手のところに起って居る。ややぬるいが、柔かな滑らかな湯であった。屋根の下から出て見るとこまかな雨が降っていた。石の頭にぬぎすてておいた着物は早やしっとりと濡れていた。

註文しておいたとろろ汁が出来ていた。夕方釣って来たという山魚《やまめ》の魚田《ぎょでん》も添えてあった。折柄烈しく音を立てて降りそめた雨を聞きながら、火鉢を擁して手ずから酒をあたため始めた。

十月二十六日

起きて見ると、ひどい日和になっている。

「困りましたネ、これでは立てませんネ。」

渦を巻いて狂っている雨風や、ツイ渓向うの山腹に生れつ消えつして走っている霧雲を、僅かにあけた雨戸の隙間に眺めながら、朝まだきから徳利をとり寄せた。止むなく滞在ときめて漸くいい気持に酔いかけて来ると、急に雨戸の隙が明るくなった。

「オヤオヤ、晴れますよ。」

そう言うとK―君は飛び出して番傘《ばんがさ》を買って来た。私もそれに頼んで大きな油紙を買った。そして尻から下を丸出しに、尻から上、首までをば僅かに両手の出る様にして、くるくると油紙と紐とで包んでしまった。これで帽子をまぶかに冠れば洋傘はさされずとも間に合う用意をして、宿を立ち出でた。そして程なく、雨風のまだ全くおさまらぬ路ばたに立ってK―君と別れた。彼はこれから沼田へ、更に自分の村下新田《しもしんでん》まで帰ってゆくのである。

独りになってひた急ぐ途中に吹割の滝というのがあった。長さ四五町幅三町ほど、極めて平滑な川床の岩の上を、初め二三町が間、辛うじて足の甲を潤す深さで一帯に流れて来た水がある場所に及んで次第に一個所の岩の窪みに浅い瀬を立てて集り落つる。窪みの深さ二三間、幅一二間、その底に落ち集った川全体の水は、まるで生糸《きいと》の大きな束を幾十百綟《よ》じ集めた様に、雪白な中に微かな青みを含んでくるめき流るる事七八十間、そこでまた急に底知れぬ淵となって青み湛えているのである。淵の上にはこの数日見馴れて来た嶮崖が散り残りの紅葉を纏うて聳えて居る。見る限り一面の浅瀬が岩を掩うて流れているのはすがすがしい眺めであった。それが集るともなく一ところに集り、やがて凄じい渦となって底深い岩の亀裂の間を轟き流れてゆく。岩の間から迸《ほとばし》り出た水は直ぐそこに湛えて、静かな深みとなり、真上の岩山の影を宿している。土地の自慢であるだけ、珍しい滝ではあった。

吹割の滝を過ぎるころから雨は霽《は》れてやがて澄み切った晩秋の空となった。片品川の流は次第に痩せ、それに沿うて登る路も漸く細くなった。須賀川から鎌田村あたりにかかると、四辺《あたり》の眺めがいかにも高い高原の趣きを帯びて来た。白々と流れている渓を遥かの下に眺めて辿ってゆくその高みの路ばたはおおく桑畑となっていた。その桑が普通見る様に年々に根もとから伐るのでなく、幹は伸びるに任せておいて僅かに枝先を刈り取るものなので、一抱えに近い様な大きな木が畑一面に立ち並んでいるのである。老梅などに見る様に半ばは幹の朽ちているものもあった。その大きな桑の木の立ち並んだ根がたにはおおく大豆が植えてあった。既に抜き終ったのが多かったが、稀には黄いろい桑の落葉の中にかがんで、枯れ果てたそれを抜いている男女の姿を見ることがあった。土地が高いだけ、冬枯れはてた木立の間に見るだけに、その姿がいかにも佗しいものに眺められた。

そろそろ暮れかけたころ東小川村に入って、そこの豪家C――を訪うた。明日下《しも》野《つけ》国の方へ越えて行こうとする山の上に在る丸沼という沼に同家で鱒の養殖をやっており、そこに番小屋があり番人が置いてあると聞いたので、その小屋に一晩泊めて貰いたく、同家に宛てての紹介状を沼田の人から貰って来ていたのであった。主人は不在であった。そして内儀から宿泊の許諾を得、番人へ宛てての添手紙を貰う事が出来た。

村を過ぎると路はまた峡谷に入った。落葉を踏んで小走りに急いでいると、三つ四つ峰の尖りの集り聳えた空に、望《もち》の夜近い大きな月の照りそめているのを見た。落葉木の影を踏んで、幸に迷うことなく白根温泉のとりつきの一軒家になっている宿屋まで辿り着くことが出来た。

ここもまた極めて原始的な湯であった。湧き溢れた湯槽には壁の破れから射す月の光が落ちていた。湯から出て、真赤な炭火の山盛りになった囲炉裡端に坐りながら、何はともあれ、酒を註文した。ところが、何事ぞ、無いという。驚き惶てどこか近くから買って来て貰えまいかと頼んだ。宿の子供が兄妹づれで飛び出したが、やがて空手で帰って来た。更に財布から幾粒かの銅貨銀貨をつまみ出して握らせながら、も一つ遠くの店まで走って貰った。

心細く待ち焦れていると、急に鋭く屋根を打つ雨の音を聞いた。先程の月の光の浸み込んでいる頭に、この気まぐれな山の時雨がいかにも異様に、佗しく響いた。雨の音と、ツイ縁側のさきを流れている渓川の音とに耳を澄ましているところへぐしょ濡れになって十二と八歳の兄と妹とが帰って来た。そして兄はその濡れた羽織の蔭からさも手柄顔《てがらがお》に大きな罎を取り出して私に渡した。

十月二十七日

宿屋に酒の無かった事や、月は射しながら烈しい雨の降った事がひどく私を寂しがらせた。そして案内人を雇うこと、明日の夜泊る丸沼の番人への土産でもあり自分の飲み代でもある酒を買って来て貰うことを昨夜更けてから宿の主人に頼んだのであったが、今朝未明に起きて湯に行くと既にその案内人がそこに浸っていた。顔の蒼い、眼の険しい四十男であった。

昨夜の時雨がそのままに氷ったかと思わるるばかりに、路には霜が深かった。

峰の上の空は耳の痛むまでに冷やかに澄んでいた。渓に沿うて危い丸木橋を幾度か渡りながら、やがて九十九折《つづらおり》の嶮しい坂にかかった。それと共に四辺《あたり》はひしひしと立ち込んだ深い森となった。

登るにつれてその森の深さがいよいよ明かになった。自分らのいま登りつつある山を中心にして、それを囲む四周の山が悉くぎっしりと立ち込んだ密林となっているのである。案内人は語った。この山々の見ゆる限りはすべてC―家の所有である。平地に均《な》らして五里四方の上に出ている、そしてC―家は昨年この山の木を或る製紙会社に売り渡した。代価四十五万円、伐採期間四十五個年間、一年に一万円ずつ伐り出す割に当り、現にこの辺に入り込んで伐り出しに従事している人夫が百二三十人に及んでいる事などを。

なるほど、路ばたの木立の蔭にその人夫たちの住む小屋が長屋の様にして建てられてあるのを見た。板葺の低い屋根で、その軒下には女房が大根を刻み、子供が遊んでいた。そしておりおり渓向うの山腹に大風の通る様な音を立てて大きな樹木の倒るるのが見えた。それと共に人夫たちの挙げる叫び声も聞えた。或る人夫小屋の側を通ろうとしてふと立ち停った案内人が、

「ハハア、これだナ。」

と呟くので立ち寄って見るとそこには三尺角ほどの大きな厚板が四五枚立てかけてあった。

「これは旦那、楓《かえで》の板ですよ、この山でもこんな楓は珍しいって評判になってるんですがネ、……なるほど、いい木理《もくめ》だ。」

撫でつ叩きつして暫く彼はそこに立っていた。

「山が深いから珍しい木も沢山あるだろうネ。」

私もこれが楓の木だと聞いて驚いた。

「もう一ついずことかから途方もねえ黒檜《くろび》が出たっていいますがネ、みんな人夫頭の飲代になるんですよ、会社の人たちア知りやしませんや。」

と嘲笑う様に言い捨てた。

坂を登り切ると、聳えた峰と峰との間の広やかな沢に入った。沢の平地には見る限り落葉樹が立っていた。これは楢《なら》でこれが山毛欅《ぶな》だと平常《へいぜい》から見知っている筈の樹木を指されても到底信ずる事の出来ぬほど、形の変った巨大な老木ばかりであった。そしてそれらの根がたに堆く積って居る落葉を見れば、なるほど見馴れた楢の葉であり山毛欅の葉であった。

「これが橡《とち》、あれが桂《かつら》、悪《あく》ダラ、沢胡桃《さわぐるみ》、アサヒ、ハナ、ウリノ木……」

事ごとに眼を見張る私を笑いながら、初め不気味な男だと思った案内人は行く行く種々の樹木の名を倦《う》みもせずに教えてくれた。それから不思議な樹木の悉くが落葉しはてた中に、おりおり輝くばかりの楓の老木の紅葉しているのを見た。おおかたはもう散り果てているのであるが、極めて稀にそうした楓が、白茶けた他の枯木立の中に立混っているのであった。

そして眼を挙げて見ると沢を囲む遠近《おちこち》の山の山腹は殆んど漆黒色に見ゆるばかりに真黒に茂り入った黒木の山であった。常磐木の森であった。

「樅《もみ》、栂《とが》、檜《ひのき》、唐檜《とうび》、黒檜、……、……、」

と案内人はそれらの森の木を数えた。それらの峰の立ち並んだ中にただ一つ白々と岩の穂を見せて聳えているのはまさしく白根火山の頂上であらねばならなかった。

下草の笹のしげみの光りゐてならび寒けき冬木立かも
あきらけく日のさしとほる冬木立木々《ふゆこだち》とりどりに色さびて立つ
時知らず此処に生《お》ひたち枝張れる老木を見ればなつかしきかも
散りつもる落葉がなかに立つ岩の苔枯れはてて雪のごと見ゆ

わが過ぐる落葉の森に木がくれて白根が嶽の岩山は見ゆ
遅れたる楓ひともと照るばかりもみぢしてをり冬木が中に
枯木なす冬木の林ゆきゆきて行きあへる紅葉にこころ躍らす
この沢をとりかこみなす樅栂《もみとが》の黒木の山のながめ寒けき
聳ゆるは樅栂の木の古りはてし黒木の山ぞ墨色に見ゆ
墨色に澄める黒木のとほ山にはだらに白き白樺ならむ

沢を行き尽すとそこに端然として澄み湛えた一つの沼があった。岸から直ちに底知れぬ蒼みを宿して、屈折深い山から山の根を浸して居る。三つ続いた火山湖のうちの大尻沼がそれであった。水の飽くまでも澄んでいるのと、それを囲む四辺《あたり》の山が墨色をしてうち茂った黒木の山であるのとが、この山上の古沼を一層物寂びたものにしているのであった。

その古沼に端《はし》なく私は美しいものを見た。三四十羽の鴨が羽根をつらねて静かに水の上に浮んでいたのである。思わず立ち停って瞳を凝らしたが、時を経ても彼らはまい立とうとしなかった。路ばたの落葉を敷いて、飽くことなく私はその静かな姿に見入った。

登り来しこの山あひに沼ありて美しきかも鴨の鳥浮けり
樅黒檜黒木《もみくろび》の山のかこみあひて真澄める沼にあそぶ鴨鳥
見て立てるわれには怯《お》ぢず羽根つらね浮きてあそべる鴨鳥の群
岸辺なる枯草敷きて見てをるやまひたちもせぬ鴨鳥の群を
羽根つらねうかべる鴨をうつくしと静けしと見つつこころかなしも
山の木に風騒ぎつつ山かげの沼の広みに鴨のあそべり
浮草の流らふごとくひと群の鴨鳥浮けり沼の広みに
鴨居りて水《み》の面《も》あかるき山かげの沼のさなかに水皺《みじわ》寄る見ゆ
水皺寄る沼のさなかに浮びゐて静かなるかも鴨鳥の群
おほよそに風に流れてうかびたる鴨鳥の群を見つつかなしも
風たてば沼の隈回《くまみ》のかたよりに寄りてあそべり鴨鳥の群

さらに私を驚かしたものがあった。私たちの坐っている路下の沼のへりに、たけ二三間の大きさでずっと茂り続いているのが思いがけない石楠木《しゃくなぎ》の木であったのだ。深山の奥の霊木としてのみ見ていたこの木が、他の沼に葭葦《よしあし》の茂るがごとくに立ち生《お》うているのであった。私はまったく事ごとに心を躍らさずにはいられなかった。

沼のへりにおほよそ葦の生《お》ふるごと此処に茂れり石楠木の木は
沼のへりの石楠木咲かむ水無月《みなつき》にまた見に来むぞ此処の沼見に
また来むと思ひつつさびしいそがしきくらしのなかをいつ出でて来む
天地《あめつち》のいみじきながめに逢ふ時しわが持ついのちかなしかりけり
日あたりに居りていこへど山の上の凍《し》みいちじるし今はゆきなむ

昂奮の後のわびしい心になりながら沼のへりに沿うた小径の落葉を踏んで歩き出すと、程なくその沼の源ともいうべき、清らかな水がかなりの瀬をなして流れ落ちている処に出た。そして三四十間その瀬について行くとまた一つの沼を見た。大尻沼より大きい、丸沼であった。

沼と山の根との間の小広い平地に三四軒の家が建っていた。いずれも檜皮葺《ひわだぶき》の白々としたもので、雨戸もすべてうす白く閉ざされていた。不意に一疋の大きな犬が足許に吠えついて来た。胸をときめかせながら中の一軒に近づいて行くと、中から一人の六十近い老爺が出て来た。C―家の内儀の手紙を渡し、一泊を請い、直ぐ大囲炉裡の榾火《ほたび》の側に招ぜられた。

番人の老爺がただ一人居ると私は先に書いたが、実はもう一人、棟続きになった一室に丁度同じ年頃の老人が住んでいるのであった。C―家がこの丸沼に紅鱒《べにます》の養殖を始めると農商務省の水産局からC―家に頼んでそこに一人の技手を派遣し、その養殖状態を視る事になって、もう何年かたっている。老人はその技手であったのだ。名をM―氏といい、桃の様に尖った頭には僅かにその下部に丸く輪をなした毛髪を留むるのみで、つるつるに禿げていた。

言葉少なの番人は暫く榾火《ほたび》を焚き立てた後に、私に釣が出来るかと訊いた。大抵釣れるつもりだと答えると、それでは沼で釣って見ないかと言う。実はこちらから頼みたいところだったので、ほんとに釣ってもいいかと言うと、いいどころではない、晩にさしあげるものがなくて困っていたところだからなるだけ沢山釣って来いという。子供の様に嬉しくなって早速道具を借り、蚯蚓《みみず》を掘って飛び出した。

「ドレ、俺も一疋釣らして貰うべい。」

案内人もつづいた。

小舟にさおさして、岸寄りの深みの処にゆき、糸をおろした。いつとなく風が出て、日はよく照っているのだが、顔や手足は痛いまでに冷えて来た。沼をめぐっているのは例の黒木の山である。その黒い森の中にところどころ雪白な樹木の立ち混っているのは白樺の木であるそうだ。風は次第に強く、やがてその黒木の山に薄らかに雲が出て来た。そして驚くほどの速さで山腹を走ってゆく。あとからあとからと濃く薄く現われて来た。空にも生れて太陽を包んでしまった。細かな水皺《みじわ》の立ち渡った沼の面はただ冷やかに輝いて、水の深さ浅さを見ることも出来ぬ。漸く心のせきたったころ、ぐっと糸が引かれた。驚いて上げてみると一尺ばかりの色どり美しい魚がかかって来た。私にとっては生れて初めて見る魚であったのだ。惶てて餌を代えておろすと、またかかった。三疋四疋と釣れて来た。

「旦那は上手だ。」

案内人が側で呟いた。どうしたのか同じところに同じ餌を入れながら彼のには更に魚が寄らぬのであった。一疋二疋とまた私のには釣れて来た。

「ひとつ俺は場所を変えて見よう。」

彼は舟から降りて岸づたいに他へ釣って行った。

何しろ寒い。魚のあぎとから離そうとしては鉤を自分の指にさし、餌をさそうとしてはまた刺した。すっかり指さきが凍えてしまったのである。あぎとの血と自分の血とで掌が赤くなった。

丁度十疋になったを折に舟をつけて家の方に帰ろうとすると一疋の魚を提げて案内人も帰って来た。三疋を彼に分けてやると礼を言いながら木の枝にそれをさして、やがて沼べりの路をもと来た方へ帰って行った。

洋灯《ランプ》より榾火の焔のあかりの方が強い様な炉端で、私の持って来た一升壜の開かれた時、思いもかけぬ三人の大男がそこに入って来た。C—家の用でここよりも山奥の小屋へ黒檜の板を挽きに入り込んでいた木挽《こびき》たちであった。用が済んで村へかえるのだが、もう暮れたからここへ今夜寝させてくれというのであった。迷惑がまざまざと老番人の顔に浮んだ。昨夜の宿屋で私はこの老爺の酒好きな事を聞き、手土産として持って来たこの一升壜は限りなく彼を喜ばせたのであった。これは早や思いがけぬ正月が来たといって、彼は顔をくずして笑ったのであった。そして私がM—老人を呼ぼうというのをも押しとどめて、ただ二人だけでこの飲料をたのしもうとしていたのであった。そこへ彼の知合である三人の大男が入り込んで来て同じく炉端へ腰をおろしたのだ。

同じ酒ずきの私には、この老爺の心持がよく解った。幾日か山の中に寝泊りして出て来た三人が思いがけぬこの匂いの煮え立つのを嗅いで胸をときめかせているのもよく解った。そしてここにものの五升もあったならばなア、と同じく心を騒がせながら咄嗟の思いつきで私は老爺に言った。

「お爺さん、このお客さんたちにも一杯御馳走しよう、そして明日お前さんは僕と一緒に湯元まで降りようじゃアないか、そこで一晩泊って存分に飲んだり喰べたりしましょうよ。」

と。

爺さんも笑い、三人の木挽たちも笑いころげた。

僅かの酒に、その場の気持からか、五人ともほとほとに酔ってしまった。小用にと庭へ出て見ると、風は落ちて、月が氷の様に沼の真上に照っていた。山の根にはしっとりと濃い雲が降りていた。

十月二十八日

朝、出がけに私はM—老人の部屋に挨拶に行った。ここには四斗樽ほどの大きな円い金属製の暖炉が入れてあった。その側に破れ古びた洋服を着て老人は煙管

をとっていた。私が今朝の寒さを言うと、机の上で日記帳を見やりながら、

「室内三度、室外零度でありましたからなア。」

という発音の中に私は彼が東北生れの訛《なまり》を持つことを知った。そして一つ二つと話すうちに、自身の水産学校出身である事を語って、

「同じ学校を出ても村田水産翁の様になる人もあり、私の様にこんな山の中で雪に埋れて暮すのもありますからなア。」

と大きな声で笑った。雪の来るのももう程なくであるそうだ。一月、二月、三月となると全くこの部屋以外に一歩も出られぬ朝夕を送る事になるという。

老人は立ち上って、

「鱒の人工孵化をお目にかけましょうか。」

と板囲いの一棟へ私を案内した。そこには幾つとなく置き並べられた厚板作りの長い箱があり、すべての箱に水がさらさらと寒いひびきを立てて流れていた。箱の中には孵《か》えされた小魚が虫の様にして泳いでいた。

昨夜の約束通り私が老番人を連れてその沼べりの家を出かけようとすると、急にM—老人の部屋の戸があいて老人が顔を出した。そして叱りつける様な声で、

「××」

と番人の名を呼んで、

「今夜は帰らんといかんぞ、いいか。」

言い捨てて戸を閉じた。

番人は途々M―老人に就いて語った。あれで学校を出て役人になって何十年たつか知らんがいまだに月給はこれこれであること、しかし今はC―家からも幾らを貰っていること、酒は飲まず、いい物はたべず、この上なしの吝嗇《りんしょく》だからただ溜る一方であること、俺と一緒ではなにかと損がゆくところからああして自分自身で煮炊をしてたべている事などを。

丸沼のへりを離れると路は昨日終日とおく眺めて来た黒木の密林の中に入った。樅《もみ》、栂《とが》、などすべて針葉樹の巨大なものがはてしなく並び立って茂っているのである。ことにある場所では見渡す限り唐檜《とうひ》のみの茂っているところがあった。この木をも私は初めて見るのであった。葉は樅に似、幹は杉の様に真直ぐに高く、やや白味を帯びて聳えて居るのである。そして売り渡された四十五万円の金に割り当てると、これら一抱え二抱えの樹齢もわからぬ大木老樹たちが平均一本、六銭から七銭の値に当っているのだそうだ。日の光を遮って鬱然と聳えて居る幹から幹を仰ぎながら、私は涙に似た愛惜のこころをこれらの樹木たちに覚えざるを得なかった。

長い坂を登りはてるとまた一つの大きな蒼い沼があった。菅沼といった。それを過ぎてやや平らかな林の中を通っていると、端なく私は路ばたに茂る何やらの青い草むらを噴きあげてむくむくと湧き出ている水を見た。老番人に訊ねると、これが菅沼、丸沼、大尻沼の源となる水だといら。それを聞く私は思わず躍り上った。それらの沼の水源といえば、とりも直さず片品川、大利根川の一つの水源でもあらねばならぬのだ。

ばしゃばしゃと私はその中へ踏みこんで行った。そして切れる様に冷たいその水を掬《く》み返し掬み返し幾度となく掌に掬んで、手を洗い顔を洗い、頭を洗い、やがて腹のふくるるまでに貪り飲んだ。

草鞋を埋むる霜柱を踏んで、午前十時四十五分、終《つい》に金精峠《こんせいとうげ》の絶頂に出た。真向いにまろやかに高々と聳えているのは男体山《なんたいざん》であった。それと自分の立っているる金精峠との間の根がたに白銀色に光って湛えているのは湯元湖であった。これから行って泊ろうとする湯元温泉はその湖岸であらねばならぬのだ。ツイ右手の頭上には今にも崩れ落つるばかりに見えて白根火山が聳えていた。男体山の右寄りにやや開けて見ゆるあたりは戦場ヶ原から中禅寺湖であるべきである。今までは毎日々々おおく渓間へ渓間へ、山奥へ山奥へと奥深く入り込んで来たのであったが、いまこの分水嶺の峰に立って眺めやる東の方は流石《さすが》に明るく開けて感ぜらるる。これからは今までと反対に広く明るいその方角へ向って進むのだとおもうと、自ずと心の軽くなるのを覚えた。

背伸びをしながらそこの落葉の中に腰をおろすと、そこには群馬栃木の県界石が立っていた。そして四辺《あたり》の樹木は全く一葉をとどめず冬枯れている。その枯れはてた枝のさきざきには、既に早やうす茜色に気色ばんだ木の芽が丸みを見せて萌えかけているのである。深山の木はこうして葉を落すと直ちに後の新芽を宿して、そうして永い間雪の中に埋もれて過し、雪の消ゆるを待って一度に萌え出ずるのである。

そこに来て老番人の顔色の甚しく曇っているのを私は見た。どうかしたかと訊くと、旦那、折角だけれど俺はもう湯元に行くのは止しますべえ、という。どうしてだ、といぶかると、これで湯元まで行って引返すころになるといま通って来た路の霜柱が解けている、その山坂を酒に酔った身では歩くのが恐ろしいという。

「だから今夜泊って明日朝早く帰ればいいじゃないか。」

「やっぱりそうも行きましねエ、いま出かけにもああ言うとりましたから……」

涙ぐんでいるのかとも見ゆるその澱《よど》んだ眼を見ていると、しみじみ私はこの老爺が哀れになった。

「そうか、なるほどそれもそうかも知れぬ、……」

私は財布から紙幣を取り出して鼻紙に包みながら、

「ではネ、これを上げるから今度村へ降りた時に二升なり三升なり買って来て、どこか戸棚の隅にでも隠して置いて独りで永く楽しむがいいや。では御機嫌よう、左様なら。」

そう言い捨つると、彼の挨拶を聞き流して私はとっとと掌を立てた様な急坂を湯元温泉の方へ駆け降り始めた。

# 解説「歩く人・牧水」——註と歌

正津 勉

# 序にかえて――耳川と美々津

明治十八（一八八五）年。八月二十四日、牧水は、宮崎県東臼杵郡東郷村大字坪谷《つぼや》（現、日向市）に、医師若山立蔵、母マキの長男に生まれる。「坪谷村は山と山の間に挟まれた細長い峡谷である」「西北に重畳した高山の一帯が連亙して全く他との交通を断っていた」（「坪谷村」）。六歳。母に連れられ、坪谷川から耳川を舟で下り美々津で初めて、海を目にする。冒頭の「即興詩人」は、アンデルセンの小説。「日本の一詩人」は、高村光太郎。渓の児、牧水が見た最初の、海の光。このとき旅への幕は切って落とされた。以来、旅につかれ足の向くままに歩きつづける。牧水、じつに生涯の九分の一、学校を出てから五分の一という、歳月を旅の空にあった。

あたたかき冬の朝かなうす板のほそ長き舟に耳川くだる

（日向国耳川）『砂丘』

## I　行かむかな　行かむかな

◎秋乱題（その一）

〈道ばたの木槿は馬に食われけり〉。秋の夜長に、「旅を栖《すみか》とする」と漂泊に明け暮れた芭蕉翁の旅中吟を浮かべ、旅想を綴る。地図の条《くだり》、「参謀本部の」は、牧水必携の陸軍参謀本部制作の五万分の一の地図。「ゴーガンが」の条、「東京の友人」は、佐藤緑葉、早大同期、「創作」創刊以来の盟友、英文学者。（参照「遠き日向の国より」の熱烈ゴーガン憧憬）。引用詩〈行かむがために行く者こそ、まことの旅人なれ〉は、牧水偏愛せるボードレール「旅」。「港と停車場、汽船と汽車」、いずれともに「酒」が傍らにあること。ふいに「実際、旅がしたい」という、いつもながら、これぞ心底の叫びだろう。

けふもまたこころの鉦《かね》をうち鳴《なら》しうち鳴しつつあくがれて行く

『海の声』

◎裾野より――緑葉兄へ

「緑葉兄」は、前記の佐藤緑葉。明治四十三年、二十五歳。六月頃、園田小夜子との恋愛が破綻。九月初め、「浴衣一枚で東京を逃げ出して」山梨県東八代郡境川村（現、笛吹市）の俳人飯田蛇笏邸に滞在後、甲斐から信州へと流浪、二ヶ月余り小諸の歌友岩崎樫郎が勤める病院で静養（参照『若山牧水　さびし　かなし』田村志津枝）。しかし深酒は相変わらず。「前途甚だ茫漠、まア翌《あした》はあしたの風次第」。引用詩〈山のあなたのそら遠く〉は、カール・ブッセの「山のあなた」。「九月初めより十一月半ばまで信濃国浅間山の麓に遊べり」と詞書きする、この旅中に得た一首あり。いやもうもの狂おしいかぎり。

白玉《しらたま》の歯にしみとほる秋の夜の酒はしづかに飲むべかりけれ

『路上』

◎古駅

前記「裾野より」の旅中。信濃浅間山の南麓、軽井沢沓掛追分で宿を断られ、日の暮れた宿場御代田への途を行き、宿を乞うた古駅追分の茶屋の思い出。東京弁をしゃべる宿の娘がいた「十二階下」とは、関東大震災で瓦礫となった私娼窟。このわけありの娘さんと、どうやら「飯盛（宿場）女郎」だった二人の老婆らとの、飲めや歌えの哀感みちた一夜の交情やよし。〽浅間山さんなぜ焼けしゃんす裾に三宿《しゅく》持ちながら……、なんて信濃追分節の感興もまた。そして「腰巻一つまとわぬ娘」はなお。いやどうにも失った恋の思いは断ち切るに切れそうにない。牧水は、ひたすら飲み狂い酔い潰れるのだ。「白玉……」のを含む一連の歌にあり。

**あの男死なばおもしろからむぞと旅なるわれを友の待つらむ**

『路上』

◎岬の端

大正四（一九一五）年、三十歳。三月、腸結核を病む妻喜志子の転地療養のため、神奈川県三浦郡北下浦（現、横須賀市）に転居する。いまだなお妻は寝こみがちで、そこにきて幼い児はむずがる。家は火の車。にもかかわらず、『オイ、俺は今から松輪まで行って来るよ、いいだろう。』『今から？』、とくるのである。こうなるとこの夫は下駄を突っ掛け家の戸を背中にしているのだ。でこのときにずっと心に掛かっていた有明月についての歌を詠みえたものかどうやら。下浦の対岸はるかにかすむ房総は鋸山。いよいよますます生活は「浪立ちやま」ないありさまなり。

**海越えて鋸山はかすめども此処の長浜浪立ちやまず**

（三浦半島）『砂丘』

◎津軽野

大正五年、三十一歳。三月中旬から一ヶ月半、福島、仙台、塩釜、松島、盛岡、青森、五所川原、大鰐温泉、秋田、飯坂、など東北各県を歩く。南国育ちの牧水にはみちのく行脚は夢だった。なかでも残雪の青森行に胸躍らされた。〈やと握るその手この手のいづれみな大きからぬなき青森人よ〉（青森駅着、旧知未見の人々出で迎ふ）。〈いつか見むいつか来むとてこがれ来しその青森は雪に埋れ居つ〉（宿望かなひて雪中の青森市を見る）。「臍《ほぞ》の緒を切って以来」初めて乗る馬。雪が嬉しい、人が暖かい。連日連夜、熱烈歓迎。「明けぬとて酒、暮れぬとてまた」と詞書する一首。

**酒戦《さかいくさ》たれか負けむとみちのくの大男どもい群れどよもす**

（残雪行）『朝の歌』

◎羽後酒田港

大正六年、三十二歳。八月初め、秋田の歌会に出て、酒田、新庄、最上川、新潟、長野と歩く再度のみちのく行脚。車窓から臨む濁り流れる大河。〈最上川《もがみがわ》岸の山群《やまむら》むきむきに雲籠《くもごも》るなかを濁り流るる〉（最上川）。夕に着いた酒田は停電で真っ暗。ときに牧水、飄客として、ゆらめく燭台の灯かげに酒杯を干しやまぬ。〽おばこ来るかやと、田圃のはんづれまで出て見たば……、〽酒田山王山で、海老子とかんじか子と角力とつたば……、三味を引き鳴らし、声を張り上げる、娼妓ら。翌朝、「汽船にて酒田港を出づ」と詞書する一首。とってかわってこの大いなる詠いぶりはどうだろう。

**大最上海《おおもがみ》にひらくるところには風もいみじく吹きどよみ居り**

（北国行）『さびしき樹木』

◎山寺

大正七年、三十三歳。七月、京都に遊び、比叡山の山寺に籠もる。ここの寺男の伊藤孝太郎爺との触れ合いが涙腺にくる。牧水は、毎晩、酒で身を持ち崩した爺に飛びっ切りの酒をおごり、杯を交わす（参照「青年僧と叡山の老爺」）。〈酒買ひに爺《じい》をやりおき裏山に山椒《さんしよ》つみをれば独活《うど》を見つけたり〉（わが宿れる寺には孝太とよぶ老いし寺男ひとりのみにて住持とても居らず）。いよいよ山を降りるとき、爺は、麓まで見送り、さらに別れかねて京都の街までついてくる。「京都での別れは一層つらかった」。結びの一句に無量の感慨が籠もる。「その寺男、われにまされる酒ずきにて家をも妻をも酒のために失ひしとぞ」と詞書する一首。

**言葉さへ咽頭《のど》につかへてよういはぬこの酒ずきを酔《ゑ》はせざらめや**

（比叡山にて）『くろ土』

◎山上湖へ

大正八年、三十四歳。五月、榛名山へ。山上の榛名湖は周囲五キロ、勾玉形をなす美しい火口原湖である（参照「若葉の頃と旅」）。牧水は、静かな山の上の湖を好む。できるならば湖畔に「一人寝の天幕を立てて暫《しばら》く暮し度《た》い」（「空想と願望」）と夢見るほどにも。前記「山寺」の文中でも多くの鳥が鳴いたが、この湖の畔にも鳥の声が美しく響く。筒鳥と、郭公と、杜鵑と、「この三つの鳥はいつからとなく私の心のなかに寂しい巣をくっていた」と。なんという鳥愛であろう。ときに「草津を経て榛名山に登り山上湖畔なる湖畔亭に宿る、鳥多き中に郭公最もよく啼く」として詠むのだ。

**みづうみの水のかがやきあまねくて朝たけゆくに郭公《くわくこう》聞ゆ**

（山上湖へ）『くろ土』

◎水郷めぐり

同八年六月、まだまだ旅はつづく。香取鹿島から霞ヶ浦をめぐる。まずは俥で香取神社へ、小汽船で利根川を渡り、つづき鹿島神社へ。ついては両社に伝わる地震を起こす鯰の頭を押えているとされる「かなめ（要）石」に脚をとどめ。鹿島の石は大鯰の頭を、香取の石は尾を、押さえて両者の石は地中で繋がっているとか。牧水は、思いを凝らす。「岩石の乏しい沼沢地方の人の心を語って居るのだろう」と。そのあとには帆掛け船で葭や真菰や蒲を押し分けて潮来の引手茶屋へ参ることになる。この間、ずっと行行子が鳴き交わす（参照「若葉の頃と旅」）。その夜、名物のあやめ踊りに酩酊。いやご機嫌なるや。

**明日漕ぐとたのしみて見る沼の面闇《おも》の深きに行行子《よしきり》の啼く**

（霞が浦）『くろ土』

## II　水のまぼろし　渓のおもいで

◎渓をおもう

〈おもひやるかの青き峡《かひ》のおくにわれのうまれし朝のさびしさ〉（『路上』）。牧水は、耳川上流、坪谷川の「青き峡のおく」に生まれた。渓の児は、渓を恋う。「水のまぼろし、渓のおもかげ、それは実に私の心が正しくある時、静かに澄んだ時、必ずの様に心の底にあらわれて私に孤独と寂寥のよろこびを与えてくれる」。ひたすらなる渓恋はというと、ほとんどもう信仰にちかいか。〈独り居て見まほしきものは山かげの巌が根ゆける細渓《ほそたに》の水〉（渓を思ふは畢竟孤独をおもふ心か）。さらに「いろいろと考ふるに心に浮ぶは故郷の渓間なり」として詠むのだ。

**幼き日ふるさとの山に睦《むつ》みたる細渓川の忘られぬかも**

（渓をおもふ）『さびしき樹木』

◎或る旅と絵葉書

大正十年、三十六歳。九月中旬より十月末まで、信州白骨温泉から、上高地を経て、焼岳（二四五五メートル）へ登る（参照「火山をめぐる温泉」）。下山後、飛驒に出て高山に遊び、さらに富山、長野、木曾を遍歴した。いまから一世紀まえの上高地、梓川のその神々しいこと！〈まことわれ永くぞ生きむあめつちのかかるながめをながく見むため〉（上高地付近）、〈山七重《ななへ》わけ登り来て斯《か》くばかりゆたけき川を見むとおもひきや〉（梓川）。牧水は、このとき良い案内者を得られなく、なんとも遭難含みじつに命からがらの焼岳登頂となった。「大正三年（註、四年の誤り）大噴火の際に出来た長さ十数町深さ二三十間の大亀裂の中に迷ひ込んだ」と。しかしさすが牧水、悠々たるものなり。つぎの登頂詠やよし。

**岩山の岩の荒肌ふき割りて噴きのぼる煙とよみたるかも**

（焼嶽）『山桜の歌』

◎木枯紀行

大正十二年、三十八歳。九月一日、関東大震災（参照「地震日記」）。〈夜に昼に地震《なゐ》ゆりつづくこの頃のこころすさびのすべなかりけり〉（余震雑詠）。十月末から十一月中旬、罹災した牧水に「創作」の社友から誘いの声あり、甲府を通り、念場ヶ原、八ヶ岳山麓を踏み、信州へ入り、松原湖、千曲川上流に遊び、秩父渓谷を歩く。〈無事なりきわれにも事のなかりきと相逢ひていふそのよろこびを〉、〈笑ひこけて臍《へそ》の痛むと一人いふわれも痛むと泣きつつぞいふ〉（松原湖畔雑詠）。

大震災後の一堂再会！　この旅に詠む歌は多く歓びに満ち溢れる。とある村の宿で家の内に飼われる馬と眠るさまを驚き詠む歌やよし。

**まるまると馬が寝てをり朝立《あさだち》の酒沸かし急ぐゐろりの前に**

（千曲川上流）『黒松』

◎鳳来寺紀行

大正十五・昭和元（一九二六）年、四十一歳。七月、鳥好きの牧水、病軀をおして仏法僧の鳴き声を聴きにその棲息地として有名な愛知県新城町の鳳来寺山を再訪（初回は大正十二・七、参照「梅雨紀行」）。滞在六日のうち晴れた二晩、仏法僧？　郭公よりも「深みと鋭どさ」をふくみ、杜鵑よりも「言いがたい円みとうるおい」のある、その妙なる鳴き声を耳にする。そうして感嘆久しくする。文字では到底再現不能な「星あかりの空を限って聳えた嶮しい山の峰からその声が落ちて来る。……。更け沈んだ山全体が、その声一つのために動いている様にも感ぜらるる」と。参拝路の石段左手、自然石に刻字する。

仏法僧仏法僧となく鳥の声をまねつつ飲める酒かも

「歌碑」

◎北海道雑観

同年九月下旬から十二月上旬にかけ、妻同伴で北海道へ。函館、札幌、岩見沢、旭川、幾春別、幌内、上砂川、深川、名寄、紋別、網走、北見、池田町、帯広、歌志内、夕張、小樽、ほか各地を歩く。だがこれは足の向くまま風の吹くままの流れ旅などでない。前年は九月の沼津千本松への転居、創作社発行所兼新居建築資金集め、さらにこの五月に新雑誌「詩歌時代」刊行で厖大な借金を抱え負債補足の揮毫会行脚、銭金算段旅なのである（参照「北海道行脚日記」）。八十日に近い辛い長旅。翌夏は朝鮮各地を経巡る。疲労の影かくせず、気力も衰えがちに。

あきあぢの網こそ見ゆれ網走《あばしり》の真黒き海の沖の辺の波に

（旅中即興）『黒松』

◎流るる水（その二）

昭和二年、四十二歳、七月末、朝鮮の長旅を終え、沼津に帰るが、体調が復さない。牧水は、引っ越し以来の夢である掘り抜き井戸を掘り当て、池を作り周りに草木を植えて鯉を飼う。「ろくにまだ足もきかない癖に、いや却ってそのためか、そこかここか草履を履いて出歩きたい所が空想せられていけない」「あれ、これ、考えていると身体がぞくぞくして来る」と。そうして「あしなえのいろり火おこす上手なる」とへなぶる。ずっともう歩きに歩いた男が「あしなえ」？　それなのにまだ旅の夢をひろげていると。いやちょっと哀しくはないか。

**朝宵に囲炉裡にかざすもろ手なり瘠せたるかなや老《おい》のごとくに**

（はつふゆ）『黒松』

## Ⅲ　みなかみ紀行

◎みなかみ紀行

「私は河の水上《みなかみ》というものに不思議な愛着を感ずる癖を持っている。一つの流に沿うて次第にそのつめまで登る。そして峠を越せばそこにまた一つの新しい水源があって小さな瀬を作りながら流れ出している、という風な処に出会うと、胸の苦しくなる様な歓びを覚えるのが常であった」。大正十一年、三十七歳。十月から十一月、信州・上州・下野の三国を巡り、利根川の支流、吾妻川から片品川を遡り、長年の夢の源を探る旅に出る。旅装は、下から草鞋、脚絆、股引、着物は尻はしょり。洋傘を背におおい、頭に鳥打ち帽。傘は杖代わりになり、獣避け用にもよし。腰には旅の必需品を一切合財納める合財袋なる黒っぽい袋。なかには財布、煙草、地図、磁石、梅干（腹下しの薬代わり）、酒筒（必携）などなど。なかでも洋靴がときの主流であるのに草鞋はどうだ（牧水のふつうでない草鞋愛については、参照「枯野の旅」、「草鞋の話　旅の話」）。十月十五日、信州は北佐久の歌会に出席。十六日、沓掛を経て、星野温泉。十七日、嬬恋。十八日、草津温泉。十九日、六里ヶ原を経て花敷温泉。二十日、四万温泉。二十一日、暮坂峠を越えて沼田。二十二日、立ち枯れの野を歩き、法師温泉。二十三日、湯の宿温泉。二十四日、沼田。二十五日、片品川に沿い、老神温泉。二十六日、白根温泉。二十七日、丸沼紅鱒養殖場の番人小屋。二十八日、出発後、二週間、憧れの源！「ばしゃばしゃと私はその中へ踏みこんで行った。そして切れる様に冷たいその水を掬《く》み返し掬み返し幾度となく掌に掬んで、手を洗い顔を洗い頭を洗い、やがて腹のふくるるまでに貪り飲んだ」「午前十時四十五分、終《つい》に金精峠《こんせいとうげ》（註、二〇二四メートル）の絶頂に出た」

長かりしけふの山路
楽しかりしけふの山路
残りたる紅葉は照りて
餌《え》に餓《う》うる鷹《たか》もぞ啼《な》きし
上野《かみつけ》の草津の湯より
沢渡《さわたり》の湯に越ゆる路
名も寂し暮坂《くれさか》峠

「枯野の旅」『樹木とその葉』

# 所収単行本一覧

## Ⅱ

### 水のまぼろし　渓のおもかげ

渓をおもう　『静かなる旅をゆきつつ』（一九二一年七月　アルス）

或る旅と絵葉書　『みなかみ紀行』（一九二四年七月　書房マウンテン）

木枯紀行　単行本未収録

鳳来寺紀行　単行本未収録

北海道雑観　単行本未収録

流るる水（その二）　単行本未収録

## Ⅲ

### みなかみ紀行

みなかみ紀行　『みなかみ紀行』（一九二四年七月　書房マウンテン）

**若山牧水**（わかやま　ぼくすい）
1885（明治18）年、宮崎県生まれ。延岡中学時代から作歌を始める。早稲田大学英文科卒。早大の同級生に北原白秋、土岐善麿らがいた。1910年刊の『別離』は実質的第一歌集で、その新鮮で浪漫的な作風が評価された。11年、創作社を興し、詩歌雑誌「創作」を主宰する。同年、歌人・太田水穂を頼って塩尻より上京していた太田喜志子と水穂宅にて知り合う。12年、友人であった石川啄木の臨終に立ち合う。同年、水穂が仲人となり喜志子と結婚。愛唱性に富んだリズミカルな作風に特徴があり、「白玉の歯にしみとほる秋の夜の酒はしづかに飲むべかりけれ」など、人口に膾炙される歌が多い。また旅と自然を愛し『みなかみ紀行』などの随筆をのこした。27年、妻と共に朝鮮揮毫旅行に出発し、約2カ月間にわたって珍島や金剛山などを巡るが、体調を崩し帰国する。28年、日光浴による足の裏の火傷に加え、下痢・発熱を起こして全身衰弱。急性胃腸炎と肝硬変を併発し、自宅で死去。享年43歳。

**正津 勉**（しょうづ　べん）
1945(昭和20）年、福井県生まれ。72年、『惨事』でデビュー。代表的な詩集に『正津勉詩集』『死ノ歌』『遊山』（思潮社）などがあるほか、小説『笑いかわせみ』『河童芋銭』（河出書房新社)、評伝『乞食路通』（作品社)、『山水の飄客　前田普羅』『ザ・ワンダラー　濡草鞋者　牧水』（アーツアンドクラフツ）など幅広い分野で執筆を行う。近年は山をテーマにした著作『行き暮れて、山』（アーツアンドクラフツ)、『山に遊ぶ　山を想う』（茗渓堂）なども多い。近刊に『京都詩人傳　一九六〇年代詩漂流記』（アーツアンドクラフツ）『つげ義春　「ガロ」時代』（作品社）がある。

歩《ある》く人《ひと》
牧水《ぼくすい》紀《き》行文撰《こうぶんせん》

2021年1月20日　第1刷印刷
2021年1月25日　第1刷発行

著者　若山牧水
編者　正津 勉

発行人　大槻慎二
発行所　株式会社　田畑書店
〒102-0074　東京都千代田区九段南3-2-2　森ビル5階
tel 03-6272-5718　fax 03-3261-2263

装幀・本文組版　田畑書店デザイン室
印刷・製本　シナノ書籍印刷株式会社

Printed in Japan
ISBN978-4-8038-0369-3 C0195
定価はカバーに印刷してあります。
落丁・乱丁本はお取り替えいたします。